Die Wärme, die wir teilen

PHILLIPPA PENN

Über die Autorin

Phillippa Penn bewohnt mit ihrem Mann ein Blockhaus, in dem es zur Weihnachtszeit besonders gemütlich zugeht. Wenn sie nicht gerade Kekse backt oder nach neuen Positionen für den Mistelzweig sucht, findet man sie mit einer Tasse Kaffee am Schreibtisch. Schon zwei Jugendbücher hat sie sich dort von der Seele geschrieben. Mit "Die Wärme, die wir teilen" veröffentlicht sie ihren ersten romantischen Kurzroman für junge Erwachsene.

Erfahre hier mehr über Phillippa:
instagram.com/phillippapenn
phillippapenn.de

Phillippa Penn

Die Wärme, die wir teilen

Bibliographische Information der Deutschen Nationalbibliothek:
Die Deutsche Nationalbibliothek verzeichnet diese Publikation in der
Deutschen Nationalbibliografie; detaillierte bibliografische Daten sind im
Internet über dnb.dnb.de abrufbar.

1. Auflage
Deutsche Erstausgabe Dezember 2022
© Phillippa Penn

Sensitivity Reading (körperliche Behinderung):
Julia Niederstraßer, sensitivity-reading.de
Korrektorat:
Marcel Weyers, marcel-weyers.de
Covergestaltung:
Buchgewand Coverdesign, buch-gewand.de
Unter Verwendung von Grafiken von:
shutterstock.com: Iaroslava Daragan
depositphotos.com: Quagmire, bernardojbp

Herstellung und Verlag: BoD -
Books on Demand, Norderstedt

ISBN: 9783756827978

Für alle,
denen im Herzen
kalt ist.

Für alle,
die ihre Wärme
teilen.

Über dieses Buch

Vielen Dank, dass du *Die Wärme, die wir teilen* liest!
Dieser romantische Kurzroman soll ein Wohlfühlbuch für eine breite
Leserschaft sein. Gleichzeitig ist mir als Autorin bewusst,
dass sich nicht alle Menschen mit denselben Inhalten wohlfühlen.

Um dein Leseerlebnis so angenehm wie möglich zu gestalten,
folgt hier deswegen der Hinweis auf potenziell belastende Themen:

- Leistungsdruck und Überlastung
- rauer Umgangston, unfaire Behandlung sowie Sticheleien am
  Arbeitsplatz
- Einsamkeit
- konfliktbeladene Eltern-Kind-Beziehung
- Konsum von alkoholischen Getränken und Süßigkeiten
- Liebeskummer

Diese Liste wurde nach bestem Wissen und Gewissen erstellt,
sie erhebt jedoch keinen Anspruch auf Vollständigkeit.

Ich wünsche dir angenehme Lesestunden!
Deine Phillippa

1 – Flecken auf Glas

Ich wünschte wirklich, die Leute würden aufhören, ihre Gesichter gegen die Fenster zu drücken. Die bis zur Hälfte verschmierten Scheiben sind in einem Bus zwar normal und auch, dass auf dem beschlagenen Glas kleine Herzen gemalt oder Runden von *Vier gewinnt* ausgetragen werden, ist nichts Ungewöhnliches.

Aber muss man die Fenster küssen und ablecken?

Wirklich?

Ich wringe meinen Lappen aus und widme mich dem nächsten Schmatzer. Übergroß, wie von aufgespritzten Lippen, und ziemlich schmierig. Vermutlich irgendein ultra-langanhaltender Lipgloss.

„Luzi, mach mal hin!" Marita ist mit dem Abzieher schon in der Sitzreihe hinter mir. „Ich hab Weihnachten noch was vor!"

Hektisch wische ich über die Scheibe. Ich muss mich auf das Sitzpolster stellen, um auch bis ganz nach oben zu kommen. Als ich fertig bin, sehe ich, dass ich den Lipgloss über das ganze Glas verteilt habe.

Mist.

Ich steige vom Sitz, tauche das Fenstertuch wieder ins Wasser und will nochmal ansetzen.

„Lass mal." Marita drängt sich an mir vorbei. „Ist gut genug. Morgen kannste weiterwienern." Ohne mit der Wimper zu zucken, zieht sie das verbliebene Wasser von der Scheibe ab und hinterlässt dabei gerade, aber nicht weniger irritierende Schmierspuren.

„Okay ..." Ich bin nicht so überzeugt von diesem Arbeitsergebnis, gehe aber weiter zur nächsten Sitzreihe und dem nächsten Fensterabschnitt.

Mit Marita lege ich mich nicht an.

Die kann richtig unangenehm werden, wenn sie nicht pünktlich ihre Zigarettenpause oder Feierabend machen darf. Wenn ich mit ihr zum Putzen eingeteilt bin, muss ich meinen Perfektionismus zu Hause lassen.

„Cindy, wischst du jetzt noch, oder was?", keift sie in diesem Moment in die Richtung meiner anderen Kollegin, die in einer der hinteren Reihen sitzt und auf ihrem Smartphone herumtippt. „Kein Handy bei der Arbeit!"

Cindy antwortet mit einem Achselzucken. „Dann putzt halt schneller! Ich wische erst da vorne weiter, wenn ihr nicht mehr so rumtropft!"

Marita schnaubt. Sie weiß, dass Cindy recht hat. Es hat keinen Sinn, den Boden zu wischen, wenn die Fenster noch nicht fertig sind. Aber Marita kann es einfach nicht leiden, wenn nicht alles genau so läuft, wie sie sich das vorstellt, und nicht jeder nach ihrer Pfeife tanzt.

Ich könnte jetzt über meine herrische Kollegin den Kopf schütteln, aber ich mache diesen Job bereits anderthalb Jahre und bin über diesen Punkt längst hinaus.

Ich komme. Ich putze die Busse. Ich ertrage Marita. Ich gehe wieder. Schluss. Aus. Feierabend.

Mir geht es hier nicht um Selbstverwirklichung oder Spaß an der Arbeit.

„Mädels, die Nummer 8 und die 12 sind jetzt auch bereit für euch." Julio steckt den Kopf durch die offene Tür vorne am Fahrerhaus. „Ich habe durchgesaugt und die Griffe desinfiziert."

„Was ist mit der 10? Kommt die auch irgendwann mal rein?", beschwert sich Marita.

„Ist noch in der Werkstatt wegen der kaputten Achse. Kommt heute vielleicht gar nicht zum Putzen rein, sagt der Chef." Julio grinst. „Wir können wahrscheinlich alle ein bisschen früher heim."

„Tsss!" Marita sieht mich an. „Wenn Luzia in dem Tempo weitermacht, sind wir noch um Mitternacht hier!"

Wieder drücke ich meinen Lappen aus. Als ich den Mikrofaserstoff in gegensätzliche Richtungen verdrehe, stelle ich mir ganz kurz vor, er wäre Maritas Hals.

„Lass sie in Ruhe, Mecker-Rita", tadelt Julio meine Kollegin. „Zünde dir eine Fluppe an und entspann dich."

Er wirft mir einen kurzen, mitfühlenden Blick zu.

Ich lächle dankbar.

Julio ist der Einzige, den ich hier wirklich mag. Er ist auch der Dienstälteste von uns allen. Schon während seiner Schulzeit hat er angefangen, für das städtische Busunternehmen zu putzen. Er hat einen guten Draht zum Chef und kann sich erlauben, Marita in ihre Schranken zu weisen.

Wütend schmeißt meine Kollegin den Gummiabzieher und das fleckige Tuch zum Nachtrocknen auf den nächstbesten Sitz.

„Du hast fünf Minuten", zischt sie mir im Vorbeigehen zu und stürmt aus dem Bus.

„Lass dir Zeit, Marita!", flötet Cindy und schlägt die Beine übereinander. Mit einem Blick auf mich fügt sie hinzu: „Süß, wie dir der Liebling vom Chef immer zur Hilfe kommt."

Ich ignoriere die Bemerkung. Ich bin mir sicher, dass Cindy genauso gut wie ich weiß, dass Julio keine Hintergedanken hat. Er ist ein anständiger Kerl.

Und einer, der auf andere Kerle steht.

Ich beeile mich, voranzukommen. Nicht weil ich Angst vor Marita habe. Sondern, weil ich es heute wirklich kaum erwarten kann, aus dem Werkhof herauszukommen. Ich bin an diesem speziellen Abend einfach nicht in Stimmung für ... alles, irgendwie.

Wieder ist ein Jahr um.

Die Weihnachtsfeiertage stehen kurz bevor und die fröhlichste Zeit des Jahres zeigt mir wieder, was in meinem Leben gerade fehlt: Familie, Freunde, ein Ziel vor Augen ...

Vor anderthalb Jahren habe ich es aufgegeben, mit meinem Irgendwas-mit-Medien-Abschluss eine Anstellung finden zu wollen. Obwohl ich das Studium so gut und in Rekordzeit geschafft hatte, lief jedes Jobangebot nur auf Praktika oder Mädchen-für-alles-Stellen hinaus. In der Regel sehr stressig und sehr schlecht bezahlt.

Der Putzjob sollte erst einmal nur eine Notlösung sein. Ein kleines, sicheres Einkommen, bis ich mich in der Medienbranche bewiesen und endlich die nächste Sprosse auf der Karriereleiter erklommen hätte.

Aber dann war meine Motivation und Begeisterung für dieses Berufsfeld ganz plötzlich verflogen.

Als hätte man ein Gummiband gespannt und gespannt, in der freudigen Erwartung, dass es im richtigen Augenblick davon schnellen würde. Nur dass mein Gummiband doch schon zu spröde war, um das Zerren auszuhalten.

Es ist einfach gerissen.

Und die ganze Spannung, meine ganze Kraft, war weg.

Ich konnte es erst gar nicht begreifen, dass ich nach Jahren, in denen ich immer die Beste, die Schnellste und Klügste sein wollte, von heute auf morgen keinen Antrieb mehr hatte. Und weil es auch sonst niemand in meinem Leben begreifen konnte, musste ich einen anderen Weg für mich finden.

Ich bin beim Putzen geblieben.

Ich hatte die Stelle schon, verdiente mit dem Job sogar beinahe genauso viel wie mit meinen kläglichen Versuchen, es in der Medienwelt „zu was zu bringen".

Also habe ich daran festgehalten. Und habe noch weitere Putzjobs, hauptsächlich für Privatleute, angenommen.

Viermal die Woche sauge und wische ich morgens bei Menschen durch, die so erfolgreich und eingebunden in ihren Karrieren sind, dass zum Putzen keine Zeit bleibt. Und an drei Abenden in der Woche putze ich die Stadtbusse.

Es ist nicht der Traum.

Aber es ist schon in Ordnung.

Meistens bin ich damit zufrieden.

Ich finde nicht, dass Putzen unter meiner oder unter irgendjemandes Würde ist. Trotzdem ist im Moment die Sehnsucht nach etwas Anderem, nach etwas Neuem, groß. Wenn ich nur wüsste nach was ...

Ich bin gerade am Cockpit angelangt, als Marita wieder in den Bus stiefelt. Überraschenderweise hat sie mir nichts zu sagen; dafür gibt sie direkt einen Schuss in Cindys Richtung ab: „Hey, Prinzessin, schnapp dir deinen Mopp!"

Cindy erhebt sich seufzend, ordnet betont langsam ihre Frisur und ihre – für diese Tätigkeit – viel zu schicken Klamotten.

Beinahe genüsslich zieht sie die Putzhandschuhe über ihre perfekt manikürten Finger, ehe sie den Stiel des Wischmopps in die Hand nimmt.

Bei diesem Ritual zuzusehen, bringt Marita zum Kochen. Ihr Gesicht ist hochrot, als sie sich Tuch und Abzieher greift, und ich befürchte, sie könnte gleich explodieren. Doch sie lässt ihren Ärger still weiter brodeln und macht sich an die Arbeit.

Ich atmete tief durch. Erleichtert, dass gerade kein Gezeter durch den Passagierraum dröhnt. Mit dem Fahrerfenster und der Innenseite der Frontscheibe bin ich schnell fertig. Den Bus von außen zu reinigen, gehört nicht zu unseren Aufgaben.

„Ich gehe weiter in die 8!", rufe ich, als ich im Begriff bin, aus dem Fahrzeug zu steigen.

„Nein, geh in die 12!", weist mich Marita an.

Es ist eigentlich egal, welchen Bus wir als Nächstes in Angriff nehmen. Aber meiner Kollegin geht es ums Prinzip.

Ich tue ihr den Gefallen und folge ihrem Befehl.

„Okay, bis gleich!", sage ich schulterzuckend und bin draußen, ehe sie mir weitere Anweisungen geben kann.

Bevor ich in den nächsten Bus steige, lege ich einen Halt am Waschbecken ein. Die riesige Garage, in der die Busse geparkt werden, hat eine Art lange Küchenzeile entlang der Wand. Hier sind die Putzsachen, eine bunte Sammlung Kaffeebecher für die Pausen und eine kleine Auswahl Werkzeuge, für schnelle Reparaturen, verstaut.

Ich fülle frisches Wasser und scharf riechendes Putzmittel in meinen Eimer. Dann strecke ich mich nach dem Hängeschrank, um einen sauberen Lappen herauszuholen.

„Bitte schön, Madame!" Julio tritt neben mich, greift in das hohe Schrankfach und hält mir ein frisch gewaschenes und gefaltetes Tuch hin.

Manchmal würde ich viel geben, um auch mal einen Tag 1,90 zu sein. Dankend nehme ich das Tuch entgegen.

„Wohin hat dich die Herrin zitiert?", fragt mein Kollege.

„Nummer 12." Ich lache hohl. „Muss wohl heute meine Glückszahl sein."

„Wieso?" Julio betrachtet mich mit einem interessierten Blick, als er mir durch die Werkshalle zu Bus Nummer 12 folgt.

„Ach, na ja, es sind noch 12 Tage bis Weihnachten ..." Ich werde mit jedem Wort leiser. „Und ich habe heute Geburtstag."

Er stolpert fast über seine langen Beine. „Geburtstag?", ruft er aus. „Heute? Am 12.12.? Und das sagst du jetzt?"

„Schhh", mache ich. „Ich will nicht, dass das jeder weiß."

Julio lacht. „Wieso nicht?" Er stößt mich neckend in die Seite. „Es ist doch immer so lustig anzusehen, wenn sich Marita zwingt, eine Schicht lang ganz nett zum Geburtstagskind zu sein."

Ich seufze. „Und genau das finde ich noch schwerer zu ertragen als ihre übliche Stimmung: diese vorgetäuschte Freundlichkeit." Flehend schaue ich zu meinem hochgewachsenen Arbeitskollegen auf. „Bitte behalte es für dich, ja?"

Julio zieht die Stirn kraus und streicht sich eine seiner weiß gebleichten Strähnen hinters Ohr. „Na gut!", lenkt er schließlich ein. „Was hast du dann heute noch vor?"

„Ähm ... Nach Hause gehen?" Ich trage meinen überschwappenden Putzeimer weiter und schüttele den Kopf.

Was für eine absurde Frage!

„Bis wir fertig sind, ist es schon spät. Und morgen früh putze ich bei Dr. Krenz", gebe ich zu bedenken.

„Oha, Dr. Krenz." Ohne zu fragen, ob ich die Hilfe möchte, nimmt mir Julio den Eimer ab. „Klingt ja sehr prestigeträchtig, dein Side Hustle", schnurrt er. „Ist der gute Doktor reich?"

„Ziemlich", bestätige ich nickend.

„Gut aussehend?", hakt mein Kollege weiter nach.

Ich wackele mit dem Kopf. „Jaaaa ... Doch, ich denke schon. Wenn man auf ältere Männer abfährt, die schon vollständig ergraut sind."

„Single?" Er folgt mir, als ich in den Bus steige, stellt das Putzzeug ab und hockt sich lässig auf den nächstbesten Sitz.

„Soweit ich weiß." Ich zucke mit den Schultern. „Ich habe bisher keine zweite Zahnbürste gesehen. Aber, Julio ... Hast du nicht einen *Special Someone*?", erkundige ich mich.

Er schnaubt. „Nicht mehr. Das hat nur ein paar Wochen gehalten." Seine Mundwinkel zieht er bedauernd nach unten.

„Oh." Ich knete das noch trockene Putztuch in meiner Hand. „Das tut mir leid."

Julio winkt ab. „Wir wollten unterschiedliche Dinge."

Ich schlucke. „Das ist hart. Entschuldige, dass ich es angesprochen habe."

„Ja, du könntest wirklich sensibler sein." Für einen Moment sieht er tatsächlich tief betroffen aus und mein Herz zieht sich vor Scham und Reue zusammen.

Dann macht sich plötzlich ein Lächeln auf seinen Lippen breit. „Du kannst das natürlich wiedergutmachen", schlägt er vor. „Indem du mir nach Feierabend einen Glühwein auf dem Weihnachtsmarkt ausgibst!"

So viel zur Betroffenheit.

„Hey!", rufe ich empört und werfe den Lappen nach ihm. „Du Schauspieler!"

„Nicht *Schauspieler*! Ich bin ein angehendes *Model*!" Er lacht, weicht dem Putztuch aus und wirft sich in Pose. Er sieht dabei sehr viel besser aus, als irgendjemand auf einem Bussitz aussehen sollte.

Ich ziehe in Erwägung, den Putzeimer über ihm und seinen Modelmaßen auszuschütten.

„Okay, okay!", keucht Julio, als er meinem Blick in Richtung Wischwasser folgt. Er hebt beschwichtigend beide Hände. „Ich gebe *dir* einen aus! Aber nur, weil heute dein Geburtstag ist!"

2 – Käfer und Riesen

Als wir nach Feierabend den Weihnachtsmarkt betreten, haben die Buden schon ihre Fensterläden zugeklappt. Nur ein paar im Zickzack gespannte Lichterketten erleuchten noch den Platz. Angetrunkene Menschen stolpern zwischen den kleinen Holzhütten hin und her, singen mal lauter und mal leiser ein kitschiges Weihnachtslied.

„Da sind wir wohl zu spät dran." Julio seufzt und rückt seine Beanie-Mütze zurecht. „Sorry, Geburtstagskind."

„Macht nichts." Ich winke ab und schaue auf die Uhr. Es ist kurz nach elf. „Mein Geburtstag ist demnächst sowieso vorbei." Dann versenke ich meine Hände schnell wieder in den Taschen. Der Wind, der zwischen die Reihen der kleinen Häuschen bläst, ist eiskalt.

„Ich hätte trotzdem gern ein kleines Bisschen mit dir gefeiert." Julio legt einen Arm um mich. „So als Aufheiterung."

„Aufheiterung?", frage ich überrascht.

„Ja, du schaust heute so … betrübt." Julio drückt mich freundschaftlich an sich. „Wie ein Basset Hound, weißt du?"

Mir war nicht klar, dass ihm oder irgendjemandem in der Arbeit auffällt, wie es mir gerade geht.

Irgendwie ist mir das peinlich.

16

Nicht nur, weil er mich mit einem Hund vergleicht.

„Basset Hound, ja? Na, danke." Ich vergrabe mein Gesicht in meinem gelb gestreiften Schal.

Julio springt vor mich, geht rückwärts, während er mich forschend ansieht. Er greift nach einer meiner schulterlangen Strähnen. „Ja, mit deinen braunen Haaren und den großen Augen schaust du aus wie ein Hündchen. Total niedlich!" Er seufzt. „Aber auch so, so traurig."

„Hm", mache ich.

„Fast schon mitleiderregend", führt Julio weiter aus.

Ich murre in mich hinein.

Er nimmt zwei Bündel meines Haars und hält sie wie Schlappohren in die Luft. „Man möchte dir, ich weiß auch nicht, ein Leckerli oder eine Streicheleinheit geben."

„Okay, ich hab's verstanden!" Ich reiße mich und meine Haare von ihm los.

„Hey, hey, hey!" Julio geht mir nach. „Entschuldige, wirklich, tut mir leid. Das war nicht böse gemeint!" Er versucht, mich am Arm neben sich zu ziehen.

„Ich weiß", gebe ich seufzend zu, erlaube ihm aber trotzdem nicht, sich bei mir unterzuhaken.

Unabhängig davon, wie er es gemeint hatte ... Er hat bei mir einen Nerv getroffen. Mir ist bewusst, dass ich im Moment keine besonders fröhliche Gesellschaft bin.

Ich ertrage mich ja selbst kaum.

Um nicht zu weinen, lege ich den Kopf in den Nacken und starre hoch in den dunklen Nachthimmel. Mein Atem bildet kleine Wölkchen, als er über mir ins Himmelszelt schwebt.

„Wie wär's mit einem Bier? Drüben im Eulenspiegel?" Man hört Julio an, dass er unbedingt etwas gutmachen möchte.

Ich blocke ab. „Nein, ist schon okay. Ich gehe lieber nach Hause." Ganz kurz sehe ich ihn an, dann richte ich meinen Blick auf meine Stiefeletten.

Mir ist die Lust auf einen Drink vergangen und ich möchte mich nicht von seinen großen, blauen Augen umstimmen lassen. „Mikesch wartet bestimmt schon und hat Hunger."

„Dein Kater hält bestimmt noch ein wenig durch", versucht es Julio weiter. „Nur auf ein Getränk."

„Nein!", sage ich lauter und gereizter als beabsichtigt. Kurz hallt es zwischen den Marktbuden, die uns umgeben, nach.

„O-okay. Ich bin schon ruhig." Mein Kollege bringt ein wenig Abstand zwischen uns. „Es tut mir leid."

Ich schweige einen Moment. „Schon okay." Meine Finger graben sich tiefer in meinen Jackentaschen. Die Anstrengung des Tages und die Kälte beginnen an mir zu nagen. „Ich will heute einfach ein bisschen für mich sein. Ausruhen und so."

Es dauert einen Augenblick, ehe Julio antwortet. „Dann solltest du auch genau das tun." Er atmet tief durch. „Sorry, dass ich dich zu etwas anderem überreden wollte. Ich bin manchmal ein bisschen pushy."

Ich schaue zu ihm und seinem entschuldigenden Lächeln auf. „Das stimmt." Ich erlaube mir, mich kurz über seinen bestürzten und schuldbewussten Gesichtsausdruck zu amüsieren. „Aber du bist trotzdem mein Lieblingskollege."

Wir brechen beide in Kichern aus. Es ist wie ein Schwall Wärme und Erleichterung.

„Na, wie gut ..." Julio stupst mir mit dem Finger an die Stirn, „dass du auch meine Lieblingskollegin bist!"

Nun kann ich doch nicht anders, als mich von ihm in die Arme schließen zu lassen.

„Und du willst sicher kein Geburtstags-Bier?", fragt er, ohne mich loszulassen. Ich spüre seinen warmen Atem an meinem Scheitel.

„Ich mache mir zu Hause eins auf!", lüge ich.

Tatsächlich habe ich weder Bier noch etwas Ähnliches daheim. Und selbst wenn ich etwas Derartiges im Kühlschrank hätte ... Ich trinke nie allein.

Ich trinke nur, wenn andere mit mir trinken.

Wenn es wirklich etwas zu feiern gibt.

„Okay, dann proste ich dir aus der Ferne zu." Julio lässt mich los und schaut auf sein Handy. „Sieht so aus, als wären ein paar Freunde von mir noch zu einer Party aufgelegt."

„Na, dann ..." Ich schlucke. Keine meiner sogenannten Freundinnen hat sich heute zwecks einer Party – oder auch nur einer Gratulation – bei mir gemeldet. Die Enttäuschung schmeckt bitter. „Viel Spaß mit deiner Truppe", zwinge ich mich trotzdem zu sagen.

„Werde ich haben!" Julio hat sich schon halb von mir weggedreht, als er die Hand zum Abschied hebt.

Ich sehe zu, wie seine schlanke, hohe Gestalt unter den Lichterketten hindurchgeht und sich aus meinem Sichtfeld entfernt. Für einen Moment habe ich das Bedürfnis, ihm doch noch hinterherzurennen. Dann aber drehe ich mich herum und schlage die Richtung, in der meine Wohnung liegt, ein.

Auf dem feuchten Pflaster kommen meine Absätze ein wenig ins Schlittern. Der Regen der letzten Tage könnte heute Nacht zu einer Eisschicht werden.

Konzentriert mache ich einen Schritt nach dem anderen, um nicht auszurutschen. Plötzlich höre ich ein lautes Rumpeln gefolgt von einem Aufschrei.

Erschrocken reiße ich meinen Blick vom Boden los.

Was war das?

Oder vielmehr: *Wer* war das?

Die Buden links und rechts von mir sind dunkel und verschlossen. Ich kneife die Augen zusammen und schaue ein Stück den Weg hinunter. Ein schwacher Lichtschein bringt das nasse Pflaster dort zum Glänzen.

Ich haste darauf zu.

Als ich die Stelle erreiche, kann ich es sehen: In einer der Hütten brennt noch Licht. Es scheint durch die Ritzen der Fensterläden und die offene Hintertür. Wieder höre ich ein dumpfes Rumpeln, dann ein Ächzen.

„Hallo?" Ich trete näher. „Brauchen Sie Hilfe?"

Zuerst sehe ich die alte Frau gar nicht. Dann wird zwischen zwei umgefallenen Kisten eine faltige Hand mit unzähligen Ringen in die Höhe gestreckt.

„Wenn Sie so nett wären", krächzt eine Stimme. „Ich bin hier drunter."

Ich mache einen Satz nach vorne und hieve erst den einen, dann den anderen Karton aus dem Weg. Sie sind nicht ganz so schwer, wie sie aussehen, aber unhandlich groß. Bei einem Blick hinein, sehe ich hunderte kleine Beutel, die mit getrockneten Blättern und buntem Pulver befüllt sind. Mir strömen so viele verschiedene Gerüche gleichzeitig entgegen, dass mir einen Moment schummrig wird.

„Verflixt nochmal!", erklingt es neben mir.

Blinzelnd lenke ich meinen Blick und meine Aufmerksamkeit zurück zu der Frau. Wie ein schillernder Käfer liegt sie auf dem Dielenboden der kleinen Holzhütte und hat sichtlich Schwierigkeiten, sich aufzurappeln.

„Moment, ich helfe Ihnen!" Schnell reiche ich ihr meinen Arm, den sie sofort umklammert.

Im Gegensatz zu den Kartons ist sie deutlich schwerer, als sie aussieht. Dabei wirkt sie unter den unzähligen Lagen an Tüchern und Röcken, so schmächtig.

Vielleicht ist es der ganze Schmuck, den sie trägt. Sie ist dekoriert wie ein Weihnachtsbaum. Neben einem oder zwei Ringen an jedem Finger trägt sie dicke Armbänder aus Edelsteinperlen. Klobige Kristalle baumeln an unterschiedlich langen Goldketten um ihren dünnen Hals. Es klirrt und klimpert, als ich ihr aufhelfe.

„Danke, Fräulein", keucht sie und richtet ihre Kleidung. „Ein Glück, dass Sie in der Nähe waren, sonst hätte ich hier gelegen bis ..."

„Tante Edda?"

Die Augen der alten Dame weiten sich und ich fahre herum. Ein junger Mann betritt den Verkaufsstand. In dem schmalen und niedrigen Türrahmen sieht er aus wie ein Riese. Er muss mindestens so groß sein wie Julio, ist aber deutlich breiter gebaut.

Ob er hierher gerannt ist?

Die leicht geöffneten Lippen, aus denen dampfend sein Atem kommt, sind das Nächste, was mir an ihm auffällt.

„Phileas! Wie gut, dass du da bist!" Edda grinst. „Du kannst mir die Kisten wieder hoch aufs Regal stellen." Sie schmunzelt und wirft mir einen Seitenblick zu. „Und meine charmante Retterin kennenlernen!"

Hitze steigt mir in die Wangen und ich schiele verlegen zu dem Typen namens Phileas. Doch er ignoriert mich.

Unwirsch streicht er sich eine blonde Strähne aus der Stirn. Seine grünen Augen sind auf Edda gerichtet.

„Tante!", schimpft er. „Ich habe dir schon hundert Mal gesagt, dass du mit dem Aufräumen warten sollst, bis ich abgeschlossen habe. Ich komme her und helfe dir, wenn ich am Glühwein-Stand fertig bin!"

„Ja, ja, ja, mein Lieber!" Sie tätschelt ihm beschwichtigend die breite Brust. „Es ist nicht so, als ob ich geplant hätte, mich unter Gewürzen und Kräutertee zu begraben." Sie zwinkert mir zu.

Von ihrem Neffen kommt ein missbilligendes Brummen.

„Außerdem", fährt Edda fort, „war ja das hilfsbereite Fräulein in der Nähe." Sie deutet auf mich.

Phileas sieht mich zum ersten Mal an. Durchbohrt mich mit Augen, die das tiefe, dunkle Grün eines Tannenwalds haben. Einen Moment wirkt er überrascht, als hätte er mich zuvor nicht bemerkt.

Dann wird sein Ausdruck finsterer.

Gerade so als hätte ich etwas falsch gemacht.

Er wendet sich wieder an seine Tante. „Das war pures Glück", murmelt er.

„Na, na, na!" Edda wedelt tadelnd mit einem Finger in der Luft herum. „Bist du nicht froh, dass sie deiner alten Tante zur Hilfe geeilt ist? Willst du ihr nicht Danke sagen?"

Er sieht wieder zu mir, mustert mich. Ich weiche seinem prüfenden Blick aus, weil er mich ganz unruhig macht. Dann ertrage ich die seltsam erwartungsvolle Stille nicht mehr.

„Es war keine große Sache", sage ich schnell. „Ich werde dann mal wieder ..."

Ich mache Anstalten, mich an dem großen Kerl vorbei und aus der Marktbude herauszuquetschen. Aber Edda hält mich zurück.

„Meine Liebe", sie sieht mich durchdringend an, „Sie haben sich ein kleines Dankeschön verdient." Edda dreht sich um und greift in eine der Kisten, die ich eben von ihr heruntergehoben habe.

Im nächsten Moment halte ich ein kleines transparentes Päckchen in der Hand. *Glühwein-Mix* steht auf dem Sticker und durch die Folie kann ich grob zerbrochene Zimtstangen, Sternanis, Nelken, Orangenschalen und sogar sowas wie Blütenblätter erkennen.

„Oh, aber das ist doch nicht nö...", beginne ich zu sagen, aber in diesem Moment wird mir klar, dass es das erste Geschenk ist, dass mir heute, an meinem Geburtstag, gemacht wird. Mein Griff schließt sich ein wenig fester um den kleinen Beutel und ich räuspere mich. „Danke schön."

„Phileas mischt das Glühweingewürz für mich." Edda schaut vielsagend in Richtung ihres Neffen. „Es ist köstlich. Und es wird sie bestimmt aufwärmen nach diesem langen Tag."

Mein Blick springt zu den Augen der Frau. Ist das einer dieser Momente, in der man die Weisheit des Alters spürt oder warum habe ich das Gefühl, dass hinter ihren Lidern ein wissender Ausdruck liegt?

Als könnte sie ganz genau erkennen, was für ein Reinfall der heutige Tag für mich war ...

„Haben Sie es noch weit bis nach Hause?" Eddas schmale, warme Hände schließen sich um meine.

„N-Nein", sage ich hastig. „Nur die Straße runter."

„Hmmm", macht sie und kneift die Augen zusammen. „Es ist weiter, als Sie zugeben." Ihre Finger reiben über meine und ihr Blick wird so durchbohrend, dass ich mich ein wenig unwohl fühle. „Mein Neffe wird Sie heimbringen."

„Tante!", protestiert Phileas. „Sie hat doch gerade eben gesagt ..."

Edda lässt meine Hände los und hebt mahnend einen Finger in Richtung des jungen Mannes. „Na, wirst du wohl! So habe ich dich nicht erzogen!"

Phileas fährt sich durch die blonden Haare.

„Gut", presst er hervor.

„Das ist wirklich nicht nötig!", versuche ich zu intervenieren.

Der mahnende Finger steht jetzt vor meiner Nase. „Keine Widerrede. Das ist doch das Mindeste! Es ist schließlich dunkel da draußen und Sie sind ganz allein."

„Aber ..."

Mein Protest wird durch ein Funkeln aus Eddas Augen, dass ich der alten Dame gar nicht zugetraut hätte, im Keim erstickt.

„Okay, danke", gebe ich mich geschlagen und folge Phileas, als er kopfschüttelnd die kleine Hütte verlässt.

„Ich warte, bis du wiederkommst, Phileas! Aber lasst euch Zeit!", flötet Edda uns hinterher.

Ich vergrabe meine glühenden Wangen in meinem Schal und hoffe, dass Phileas nichts von meiner Verlegenheit bemerkt.

3 – Eine Handvoll Wärme

„Entschuldige, sie macht das so."

„Was?", frage ich verdattert.

Wir gehen schon eine ganze Weile schweigend durch die ausgestorbenen Straßen von Fichtingen, Phileas und ich. Dass er plötzlich das Wort ergreift, reißt mich aus meinem Trott. Ich hatte mich an die Stille gewöhnt. Je weiter wir uns vom Marktplatz entfernen, desto ruhiger und kühler wird es im lückenhaften Licht der Straßenlaternen.

„Meine Tante ...", fährt er jetzt fort. „Sie sagt anderen Menschen gern, was sie tun sollen. Und bringt sie in ... peinliche Situationen."

„Verstehe", ist alles, was mir dazu einfällt.

Tatsächlich habe ich mich von Edda ziemlich überrumpelt gefühlt. Gleichzeitig hatte ich mich wohl auch ganz gern überrumpeln lassen. Normalerweise ist es nicht meine Art, einfach so mit einem Fremden durch die Nacht zu gehen.

Aber mit ihm ...

Ich schiele zu Phileas und erschrecke, als mir etwas hinter ihm in die Augen fällt.

„Oh, oh." Ich erstarre. „Wir sind hier falsch ..."

Die Häuserfront hinter meinem Begleiter kommt mir kein bisschen bekannt vor.

„Was?" Phileas bleibt abrupt stehen.

„Ich ..." Meine Stimme bricht. „Es tut mir leid. Ich habe gar nicht bemerkt, dass wir falsch abgebogen sind. So ein Mist." Schamesröte kriecht heiß meinen Hals hinauf.

„Mist", fluche ich wieder und merke, wie sich ein dicker Kloß in meiner Kehle bildet.

Oh, nein. Diesen Teil des Abends wollte ich mir für zu Hause aufheben.

Nicht heulen.

Nicht hier.

Nicht jetzt.

Nicht vor ihm.

Doch mein Körper gehorcht mir nicht. Statt der Kälte der Nacht spüre ich heiße Tränen in meinen Augen brennen. Ich drehe mich weg, damit Phileas es nicht sieht.

„Bist du neu in der Stadt oder warum bist du einfach weitergelaufen?", fragt er mich und es klingt eine Spur vorwurfsvoll.

Ich kann nur matt mit den Schultern zucken. Ich verstehe selbst nicht, wie ich so unaufmerksam sein konnte. Vermutlich bin ich heute einfach durcheinander.

„Okay ..." Er fasst sich an die Schläfen. „Wo wohnst du denn? Wie ist deine Adresse?"

Tränen der Frustration laufen mir übers Gesicht. Aus Angst, dass meine Stimme meinen Zustand verraten könnte, ziehe ich mein Handy hervor. Mit bebenden Fingern tippe ich meine Adresse in die Navigations-App ein und halte ihm das leuchtende Display hin.

„Oh Mann, wir müssen den ganzen Weg wieder zurücklaufen", stöhnt er und murmelt noch etwas in sich hinein.

Vielleicht ist es gut, dass ich über mein klopfendes Herz und meinen hektischen Atem nicht genau hören kann, was er noch dazu sagt. Was für ein Schlamassel!

Ich wollte doch heute Abend einfach nur nach Hause und mit Mikesch auf dem Bett sitzen. Vielleicht meinen Lieblingsfilm auf dem Laptop schauen, so zur Feier des Tages.

Und nun?

Nun stehe ich mitten in der Nacht irgendwo in dieser Kleinstadt mit einem Fremden, der gezwungen wurde, meine Begleitung zu spielen. Ich habe noch einen ewig langen Fußmarsch durch die Kälte vor mir. Und heulen tue ich auch noch! So ein Scheiß!

Ein Schluchzer entschlüpft meinen bebenden Lippen und ich schlage mir schnell die Hand vor den Mund.

Phileas macht einen Schritt auf mich zu. „Sag mal, weinst du etwa?"

Ich weiche vor ihm zurück.

„Hey, ähm, es ist alles okay ..." Seine Stimme klingt zum ersten Mal richtig freundlich. Mitfühlend. „Es ist nicht so dramatisch, dass wir uns verlaufen haben, okay? Und wir finden dein Haus schon. Ich bringe dich sicher heim."

Er ist so nett und es ist mir so unangenehm.

Ich schüttele den Kopf. „Es ist ..." Ich muss schniefend Luft holen, um weitersprechen zu können. „Es ist einfach nur der A-Abschluss eines richtig besch-sch-schissenen Tages."

Eines richtig beschissenen Geburtstages, denke ich, aber spreche es nicht aus.

Er macht wieder einen Schritt auf mich zu.

Dieses Mal bleibe ich, wo ich bin.

„Hör mal."

Seine riesenhafte Gestalt geht vor mir in die Hocke.

„Dieser beschissene Tag ist in ein paar Minuten vorbei." Er zieht einen Ärmel seiner Jacke zurück und entblößt ein leuchtendes Ziffernblatt an seinem Handgelenk. Zwei Minuten vor zwölf. „Und der neue Tag beginnt damit, dass du zu Hause ankommst. Das verspreche ich dir."

Ich starre ihn an und lasse dabei ungehindert die Tränen über mein Gesicht rinnen.

„Okay?", fragt er mich und sein Atem steigt in weißen Wölkchen zu mir auf.

Ich atme tief durch. „Okay."

„Also ..." Er steht wieder auf. „Dann gehen wir jetzt einfach los, und zwar in die richtige Richtung."

Er streckt mir seine Hand hin und ohne darüber nachzudenken, greife ich danach. Sie ist weich und gleichzeitig stark. Meine kalten Finger prickeln in der Wärme seiner großen Handflächen.

Er hat auf seinem Smartphone nun auch eine Karte geöffnet und navigiert uns in die Richtung meines Mietshauses.

„Wie heißt du eigentlich?", fragt er beiläufig.

„Luzia", krächze ich. „Aber alle nennen mich nur Luzi."

„Na dann, Luzia." Er drückt meine Finger. „Ich heiße Phileas, aber alle nennen mich Phil. Außer meiner Tante." Er lacht ein kurzes, helles Lachen.

„Phil", wiederhole ich leise. „Danke, dass du mich nach Hause bringst", füge ich etwas lauter hinzu.

„Ich mache auch nur, was Tante Edda sagt." Seine Schultern zucken, aber bei einem kurzen Blick hoch zu ihm, zwinkert er mir zu.

Nach ungefähr zwanzig Minuten, in denen wir durch Teile Fichtingens traben, die ich möglicherweise noch nie zuvor betreten habe, kommen wir an dem Haus an, in dem auch meine kleine Dachgeschosswohnung ist. Während wir die wenigen Stufen zu meiner Haustür erklimmen, beginnen winzige, eisige Flocken vom Nachthimmel herabzuregnen.

Ich lasse Phils Hand los und beginne nach meinem Schlüssel zu kramen. Sofort kriecht die Kälte wieder in meine Fingerspitzen. Nun wird es hier draußen richtig ungemütlich.

„Du kannst ruhig gehen. Deine Tante fragt sich bestimmt schon, wo du bleibst." Es behagt mir nicht, dass Phil nach dem langen Umweg nun auch noch mit mir hier herumstehen muss.

„Edda wusste schon, dass es ein wenig dauern würde", sagt er ganz selbstverständlich. „Außerdem würde sie mir das Fell über die Ohren ziehen, wenn ich nicht sicherstelle, dass du in einem Stück hineingegangen bist."

Ich muss unwillkürlich lachen. „Es ist keine besonders gefährliche Ecke hier", versichere ich ihm. „Niemand wird mich vor der Haustür überfallen."

Milde lächelnd schüttelt er den Kopf. „Es ist auch keine besonders gefährliche Stadt, aber man kann nie wissen."

Ich halte in meiner Schlüsselsuche inne und werfe ihm einen fragenden Blick zu.

„Ich betreibe einen Glühweinstand." Phil zuckt mit den Schultern. „Betrunkene machen manchmal unvernünftiges und gefährliches Zeug." Er überlegt kurz. „Und Nüchterne auch." Er lächelt wissend und ich kann nicht anders, als zurückzulächeln.

Als mir bewusst wird, dass ich ihn anstarre, nicke ich knapp und mache mich wieder daran, meine Tasche zu durchwühlen.

„Sorry, ich habe viel zu viel Zeug da drin", gestehe ich verlegen. „Und ich habe kaum Gefühl in meinen Fingern."

„Zu kalt?", fragt Phil.

Wieder nicke ich.

„Gib her!", fordert er mich nach einem Moment auf.

Ich halte ihm die Tasche hin.

„Nein, deine Hände!" Er lacht und gibt mir meine Handtasche zurück. „Gibst du jedem so leichtfertig dein Hab und Gut?"

Ich zögere einen Moment. „Soll ich lieber jedem meine Hände geben?"

„Touché." Er grinst.

Und irgendwie lässt dieses kurze Schimmern weißer Zähne schon wieder das Blut in meine Wangen schießen.

„Wozu willst du meine Hände?" Vorhin hatte ich ganz automatisch in seine Hand gegriffen. Jetzt werde ich plötzlich nervös bei dem Gedanken, ihn zu berühren.

„Na, zum Wärmen." Er streckt mir seine offenen Handflächen entgegen.

„O-Okay", stammele ich. Mein Herz zählt die Sekunden, bis ich schließlich doch meine Finger auf seine sinken lasse. Wie ein Stromschlag durchzuckt mich die Berührung.

Seine Hände schließen sich um meine, halten sie in einer Art schützendem Kokon. Innerhalb kürzester Zeit habe ich das Gefühl zu glühen. Nicht nur an den Fingerspitzen, sondern am ganzen Körper.

Ich schaue langsam zu ihm auf.

Gerade als sich unsere Blicke treffen und ich glaube, einen Bruchteil der Aufregung, die ich gerade spüre, auch in seinen Augen zu sehen, muss ich heftig blinzeln. Eine Schneeflocke hat sich in meinen Wimpern verfangen.

„Geht's?", fragt Phil und räuspert sich.

„Ja", krächze ich.

Seine Finger drücken meine ein letztes Mal, dann lässt er los und versenkt seine Hände in den Hosentaschen.

„Warum ..." Er beginnt seine Frage zögerlich, während er mich beim Fortsetzen meiner Schlüsselsuche beobachtet. „Warum war es eigentlich so ein beschissener Tag für dich?"

Ich schlucke.

„Es war mein Geburtstag", antworte ich, ohne ihn anzusehen.

„Ist das nicht etwas Schönes?", hakt er nach.

„Nicht, wenn du die Einzige bist, die sich daran erinnert." Die Worte klingen so bitter wie sie sich anfühlen und ich merke, dass ich nicht weiter darüber sprechen oder nachdenken will.

Für diese Nacht habe ich wirklich genug geweint.

In diesem Moment ertaste ich das kühle Metall meines Schlüsselbunds. Dankbar schließe ich meine Finger darum.

„Da ist er", hauche ich und vergrabe mich bis zur Nasenspitze in meinem Schal. Dann drehe ich mich um und fädele den Schlüssel ins Schlüsselloch.

„Wie wäre es ...", erklingt es hinter mir, gerade als das Schloss sich klickend für mich öffnet, „wenn du morgen an meinen Stand kommen würdest? Ich gebe dir einen Glühwein aus. So als nachträgliches Geburtstagsgeschenk."

Mein Herz macht einen Satz, trotzdem sage ich: „Das ist lieb von dir. Aber unnötig."

„Unnötig?", fragt Phil.

Ich trete über die Schwelle ins Haus und drehe mich dann noch einmal zu ihm um. „Du kennst mich doch gar nicht. Du möchtest mir einfach etwas Gutes tun, weil du Mitleid mit mir hast." Ich hole tief Luft. „Das ist sehr freundlich, aber unnötig." Ich zwinge mich, ihm in die Augen zu sehen. „Also danke, aber nein danke."

Etwas schiebt sich vor Phils Blick. Wie ein dunkler Vorhang, vor ein bis eben noch hell erleuchtetes Fenster.

„Ich dachte nur …" Er zuckt mit den Schultern. „Vergiss es. Ich will mich nicht noch mehr aufdrängen."

„Aufdrängen?", frage ich verständnislos.

„Ja." Seine Stimme ist jetzt so distanziert wie sein Blick. „Ich hätte dieses Spielchen meiner Tante nicht mitspielen sollen. Du wolltest nicht nach Hause begleitet werden. Und du möchtest offensichtlich auch nicht …"

Er hält kurz inne.

„Ach, was auch immer." Er fährt sich durchs Haar. „Du bist zu Hause, du bist sicher. Ich gehe jetzt."

Er dreht sich um und stapft die Stufen hinunter.

„Phil!", rufe ich ihm hinterher.

Der Name fühlt sich in meinem Mund ungewohnt und neu und irgendwie aufregend an.

Er schaut über die Schulter.

Ich schaue zurück.

„Danke schön", schaffe ich endlich zu sagen. „Fürs Bringen. Und den Umweg und so."

Es dauert einen Moment, ehe er antwortet. „Kein Ding."

Und dann ist er in der Winternacht verschwunden.

4 – Schritt ins Leere

Ich werde von Thunfischgeruch geweckt. Als ich die Augen aufschlage, hockt Mikesch auf meiner Brust und schaut mich erwartungsvoll an. Die schwarze Fellfärbung um die Augen lässt meinen ansonsten weißen Kater wie einen kleinen Banditen aussehen.

„Mikesch ...", jammere ich. „Schnauf mir nicht so ins Gesicht ..."

Der Kater maunzt und hüllt mich damit in einen weiteren Schwall Dosenfutteraroma.

„Okay, jetzt reicht's." Ich richte mich abrupt auf. Mikesch springt empört aufjaulend von mir und verzieht sich unter den nächstgelegenen Stuhl.

„Selber schuld!", fauche ich in seine Richtung und obwohl ich ziemlich genervt von dem kleinen Stinker bin, stehe ich auf und schleppe mich in die Küche.

Die alten Bodendielen knarzen unter meinen nackten Sohlen, als ich den Raum durchquere. *Die Küche* ist eigentlich nur die andere Ecke meines Schlafzimmers. Meine Dachgeschosswohnung ist ein Ein-Zimmer-Apartment, das quasi ausschließlich aus krummen Wänden besteht.

Es gibt ein Bett, einen Tisch mit drei Stühlen, eine Kochnische mit zwei Herdplatten und einem winzigen Kühlschrank.

Als Raumteiler fungiert eine klobige Kommode, die zu hoch ist, um sie irgendwo unterhalb der Dachschrägen unterzubringen. Ich schlängele mich um das Möbel herum und trete an die Küchenspüle.

Sobald ich den Wasserkessel aufgefüllt und auf den Herd gestellt habe, hole ich eine kleine Dose Katzenfutter aus dem Hängeschrank. Ich öffne sie und stelle sie auf die blaue Gummimatte am Boden.

Mikesch hat eigentlich einen Napf, aber wie so oft ist er auch heute in Sekundenbruchteilen über der Dose. Ich versuche schon gar nicht mehr, sein Essen in irgendein anständiges Gefäß umzufüllen.

Kopfschüttelnd, aber auch irgendwie zufrieden schaue ich dem kleinen Teufel dabei zu, wie er das Futter hinunterschlingt. Erst das Pfeifen des Wasserkessels reißt mich aus den Gedanken.

Ich schaufele ein paar Löffel löslichen Kaffee in einen To-go-Becher und gieße das heiße Wasser darüber. Nicht gerade Gourmet, aber immerhin das gute Instantzeug.

Dr. Krenz hat mir mal erklärt, dass die anregende Wirkung dieselbe ist. Keine Ahnung, ob das stimmt. Aber er hat einen Doktortitel, also glaube ich ihm das mal. Außerdem ist Dr. Krenz sehr nett. Er ist ...

Oh nein!

Hektisch stürze ich in Richtung Esstisch und schnappe mir mein Handy, das dort liegt.

07:50 Uhr.

Ich habe verschlafen!

Bei dem Versuch, schnellstmöglich ins Badezimmer zu gelangen, verheddere ich mich in dem Hängesessel, der von einem der offenen Dachbalken baumelt. Halb stolpernd erreiche ich die Badezimmertür und stürme hinein.

Normalerweise bin ich morgens gründlicher, aber heute muss es ausreichen, mir etwas Wasser ins Gesicht zu werfen und die Haare kurz zu bürsten. In Windeseile gehe ich pinkeln und ziehe mir einen langen Pullover über. Die Leggins und das Trägerhemdchen, das ich zum Schlafen anhatte, werden darunter schon nicht allzu negativ auffallen.

Ich schlüpfe in meine Stiefeletten und renne aus der Wohnung. Mit einem Arm in der Jacke poltere ich die Treppe hinunter. Ich bin mir nicht sicher, ob ich die Wohnungstür hinter mir zugezogen habe. Aber da mir kein Kater auf den Fersen ist, nehme ich an, sie ist ins Schloss gefallen.

Die Haustür geht vor mir auf und ich stürze beinahe Frau Schmitt-Halder, meiner pingeligen Nachbarin, in die Arme.

„Fräulein Klamm! Also wirklich!", empört sie sich, als ich im letzten Moment unseren Zusammenstoß ausbremse.

„Entschuldigen Sie bitte!", sage ich und meine es auch so.

„Passen Sie auf!", ruft sie mir säuerlich hinterher. „Die Stufen sind glatt!"

Aber da ist es auch schon passiert. Ich erwische die zweite Steinstufe nur mit halbem Fuß und rutsche mit dem Absatz an der vereisten Kante ab. Mit der rechten Hand kriege ich zwar noch eine Sprosse des Geländers zu fassen, trotzdem lande ich im nächsten Moment schmerzhaft auf meinem Hintern – und auf meiner linken Hand.

„Autsch!" Ich ziehe instinktiv den Arm an.

„Du meine Güte!" Frau Schmitt-Halder ist beinahe augenblicklich neben mir. „Wieso haben Sie es denn auch so eilig, Kind?"

„Ich muss zur Arbeit", keuche ich. Der Schreck und der sich pochend ausbreitende Schmerz in meinem Handgelenk nehmen mir fast die Luft.

„Na, das können Sie vergessen!" Sie schimpft mich wie ein Schulkind. „Das war sehr leichtsinnig, Fräulein. Jetzt kommen Sie mal schön wieder mit ins Haus. Mit der Hand werden sie heute nicht mehr viel anfangen können."

Als ich es nicht schaffe, mich mit der unverletzten Hand am Geländer hochzuziehen, greift Frau Schmitt-Halder mir unter die Arme.

„Danke schön", murmele ich verdutzt. So viel Hilfsbereitschaft hätte ich von ihr gar nicht erwartet.

Frau Schmitt-Halder schüttelt nur den Kopf. Ihre von grauen Strähnen durchzogenen Locken, hüpfen aufgeregt unter ihrer Hutkrempe hervor.

„Papperlapapp", sagt sie. „Kein Grund zur Dankbarkeit. Das gebietet die gute Nachbarschaft."

Gute Nachbarschaft?

Wenn ich eine Person im Haus hätte benennen müssen, die froh wäre, wenn ich demnächst ausziehen würde, hätte ich Frau Schmitt-Halder gewählt.

Sie bewohnt das Apartment im dritten Stock, direkt unter mir, und hatte sich bereits mehr als einmal über mein zu spätes oder zu frühes Duschen beschwert. Und über Mikesch, der auf irgendwelchen Irrwegen auf ihrem Balkon und in ihren Geranien gelandet war.

Als wir durch die Haustür gehen, sitzt mein Kater vor uns auf der letzten Stufe und schaut mich aus großen Banditenaugen an.

Frau Schmitt-Halder dreht ihr Gesicht zu mir und hebt kritisch eine Augenbraue.

„Wie gut, dass ich noch einmal zurückgekommen bin", witzele ich nervös.

„Mädchen, Mädchen", seufzt sie.

Dann erklimmen wir zusammen Stufe um Stufe, während mein Stubentiger uns auf Samtpfoten folgt.

Die Tür zu meiner Wohnung steht sperrangelweit offen.

„Na, jetzt weiß ich, wie Ihnen das Tier immer wieder entwischt!", schnaubt Frau Schmitt-Halder, wieder ganz meine mürrische Nachbarin.

„Ich muss die Tür nicht richtig geschlossen haben", murmele ich beschämt.

Frau Schmitt-Halder schnalzt nur mit der Zunge und tritt hinter mir über die Schwelle. Die Art, wie sie sich in meiner Wohnung umschaut, zeigt mir, dass sie etwas mehr Komfort erwartet hatte.

Ich laufe zu dem Erkerfenster, vor dem mein Esstisch steht. Ächzend falle ich auf einen der Stühle und reibe mir das Handgelenk.

„Tut ordentlich weh, was?" Es klingt eher wie ein Statement als eine Erkundigung nach meinem Befinden. Unaufgefordert marschiert meine Nachbarin zu meinem kümmerlichen Kühlschrank und öffnet ihn. „Haben Sie eine Gelkompresse? Sie müssen das kühlen."

Sie wartet nicht auf meine Antwort, sondern räumt nach und nach alles heraus, um zu sehen, ob hinter Sojamilch, halb vertrockneten Karotten und einem Glas Hummus-Aufstrich vielleicht noch etwas anderes zu finden ist.

„Ich glaube nicht ...", gestehe ich.

Ein strafender Blick trifft mich. „Nun gut", sagt Frau Schmitt-Halder dann. „Ich hole eine von mir."

Ich bin überrascht, als sie tatsächlich zur Tür stapft. „D-Danke. Das ist aber nicht nötig!"

„Und ob das nötig ist", sagt sie in einem Ton, der keinen Widerspruch duldet. „Sie können in der Zwischenzeit ja mal probieren, ob sie ihre Hand noch bewegen können. Und vielleicht schon mal einen Termin beim Arzt ausmachen."

Beim Arzt!

Dr. Krenz!

Mit der rechten Hand greife in meine Handtasche und ziehe mein Smartphone heraus. Es ist schon fünf nach acht. Dr. Krenz wird sich wundern, wo ich bleibe. Ich finde seinen Kontakt in meiner Telefonliste und rufe an.

„Theo Krenz", erklingt es nach zweimal Tuten.

Ich hole tief Luft. „Guten Morgen, Dr. Krenz. Hier ist Luzia."

„Luzia, na sowas, hallo." Er klingt ein wenig zerstreut.

Wie jeden Morgen.

„Es tut mir furchtbar leid, Dr. Krenz", sage ich hastig, um es hinter mich zu bringen. „Ich befürchte, ich kann heute leider nicht zu Ihnen kommen."

„Oh." Ich kann es förmlich vor mir sehen, wie er seine Hornbrille zurechtrückt. „Das ist bedauerlich. Ist denn alles in Ordnung, Luzia?"

Ich räuspere mich. „Unglücklicherweise bin ich auf der Treppe vor dem Haus ausgerutscht." Nun, wo ich es ausspreche, wird mir meine Leichtsinnigkeit sehr bewusst. Ich hätte mir denken können, dass es glatt ist. Ich hätte nicht so hetzen dürfen. Ein paar Minuten Verspätung hätte mir Dr. Krenz nicht übel genommen.

„Haben Sie sich verletzt?", erkundigt sich der Doktor.

„Na ja, ich bin auf den Hintern gefallen und ... und auf meine Hand." Ich streiche über meinen anschwellenden Unterarm. „Mein Handgelenk könnte ein wenig verstaucht sein."

„Ein wenig?" Nun klingt Dr. Krenz strenger. „Wie steht's mit der Beweglichkeit? Können Sie es drehen? Etwas greifen?" Er ist ganz in seinem Element als pensionierter Arzt.

Ich zögere, seiner Aufforderung nachzukommen. Alles in mir sträubt sich dagegen, meine Hand auch nur einen Millimeter zu bewegen.

Ganz vorsichtig krümme ich meine Finger, dann drehe ich die Handwurzel ein wenig. „Au!", entfährt es mir, ehe ich den Schrei unterdrücken kann.

„Ich werte das als Nein", kommt Dr. Krenz nüchterne Antwort. „Hmm ... Das sollte man natürlich nicht auf die leichte Schulter nehmen ..." Kurz ist es in der Leitung still. Er scheint zu überlegen. „Normalerweise mache ich keine Hausbesuche mehr, aber für Sie, liebe Luzia, mache ich mal eine Ausnahme."

„Was?" Vor Verblüffung hätte ich beinahe das Handy fallen lassen. Habe ich ihn gerade richtig verstanden? „Sie wollen herkommen? Zu mir?"

„Ja, nun, das macht einen Hausbesuch irgendwie aus." Er lacht. „Heute sind unsere Rollen einmal vertauscht!", ruft Dr. Krenz geradezu triumphierend. „Verstehen Sie? Anstatt dass Sie in meine Wohnung kommen, komme ich zu Ihnen!"

Ich schaue mich in meinem Zuhause um.

Es ist so schon eine eher bescheidene Bude, aber im Vergleich zu Dr. Krenz' luxuriösem Apartment ...

Und noch dazu ist meine Wohnung gerade kein Aushängeschild für meine Qualitäten als Putzkraft.

Das kann ja heiter werden.

„Ja …" Ich schlucke. „Wirklich, ähm, eine amüsante Wendung der Ereignisse." Ich hoffe, es klingt nicht allzu zynisch, aber der Altherrenhumor des Arztes bringt mich nicht gerade zum Schmunzeln.

„Vielen Dank, Dr. Krenz", füge ich schnell hinzu.

„Keine Ursache." Er klingt zufrieden. „Dann bin ich in ein paar Minuten bei Ihnen!", sagt er und legt auf.

Während ich mich noch frage, ob der Doktor überhaupt meine Adresse kennt, kehrt Frau Schmitt-Halder in meine Wohnung zurück. In der Hand hält sie eine Kühlkompresse mit der Größe und dem Aussehen einer Wassermelonenscheibe. So etwas Quietschbuntes hätte ich meiner Nachbarin gar nicht zugetraut.

Sie überrascht mich heute am laufenden Band.

„So!", ruft sie aus, packt ohne Vorwarnung meine Hand und legt sie flach auf den Tisch.

Ich schaffe es irgendwie, dabei nicht zu schreien.

Sie wirft mir einen Blick von der harten Sorte zu. „Schmerzhaft, was?"

Ich beiße mir auf die Lippe und nicke.

Ungerührt klatscht sie die Kompresse auf mein Handgelenk. „Das wird schon wieder."

„Muss ja, oder?", sage ich zähneknirschend. Es verlangt meine ganze Selbstbeherrschung meine Hand nicht unter dem eiskalten Etwas wegzuziehen.

Und da grinst mich die mürrische Frau Schmitt-Halder zum allerersten Mal an. „Tapferes Mädchen", sagt sie anerkennend und tätschelt meine Hand.

Ich ziehe scharf Luft ein und lächele zurück.

5 – Schlingen und Hünen

„Nun, es scheint nur eine leichte Verstauchung zu sein", erklärt Dr. Krenz, als er meine Hand wieder sachte auf dem Tisch ablegt. „Es war sehr klug, dass sie das Gelenk direkt gekühlt haben."

„Das war meine Idee", brüstet sich Frau Schmitt-Halder, die dem Arzt netterweise die Tür geöffnet hat und dann einfach bei meiner Untersuchung dabei geblieben ist.

„Ausgezeichnet", lobt Dr. Krenz.

Die beiden tauschen einen Blick aus, der vor allem mir unangenehm ist. Flirten die etwa direkt über meinem verstauchten Handgelenk?

Ich seufze. Beinahe bin ich neidisch auf diese Romanze, die sich vor meinen Augen anbahnt.

„Sind die Schmerzen sehr stark?", erkundigt sich Dr. Krenz, der mein Aufstöhnen offensichtlich falsch deutet.

„Es ist auszuhalten", sage ich wahrheitsgemäß.

„Hmm." Er nickt und rückt seine Brille zurecht. „Dennoch sollten Sie es einige Tage langsam angehen und die Hand nicht belasten. Nichts Schweres heben, nicht putzen … Ich lege ihnen einen Verband an, das wird dazu beitragen, dass die Schwellung nicht überhandnimmt. Und sie sollten den Arm in einer Schlinge tragen, damit er ein wenig hochgelagert wird." Er öffnet seine Arzttasche und holt eine Salbe und Verbandszeug heraus.

„Oh, ich benutze dasselbe Schmerzgel!", ruft Frau Schmitt-Halder entzückt aus.

„Es ist das beste Präparat auf dem Markt!" Dr. Krenz schenkt ihr einen anerkennenden Blick. „Sie sind gut vorbereitet auf medizinische Notfälle."

Ich glaube, ich halluziniere, als ich sehe, wie Frau Schmitt-Halder errötet. Wie ein junges, verliebtes Mädchen starrt die ältere Dame den Doktor an.

„Ich hätte sogar noch eine Armschlinge von meiner Schulter-OP im letzten Jahr. Die könnte ich Fräulein Klamm leihen, solange ihr Handgelenk nicht belastbar ist", offeriert sie.

Dr. Krenz gibt eiskalte Salbe auf meine Handwurzel und verreibt sie enthusiastischer, als es nötig wäre. „Luzia, Sie haben großes Glück, so eine fürsorgliche Nachbarin zu haben!", freut er sich.

Ich beiße die Zähne zusammen. „Oh ja", presse ich hervor. „Das habe ich."

Mein gequältes Lächeln bemerkt keiner der beiden. Zu sehr sind die Nachbarin, die mich bis heute noch nicht leiden konnte, und der alte Herr, dessen Wohnung ich putze, voneinander fasziniert.

Unglaublich.

Ich beobachte, wie Dr. Krenz mit geübten Fingern mein Handgelenk bandagiert, und frage mich, ob es vielleicht doch nicht meine eigene Unachtsamkeit war, die mich auf der Treppe hat ausrutschen lassen. Wenn ich die älteren Herrschaften so betrachte, glaube ich viel mehr, dass mir Amor ein Bein gestellt hat.

„Du bist krank?", wiederholt Julio als ich ihn später anrufe.

„Verletzt", korrigiere ich ihn.

Nachdem mir Dr. Krenz empfohlen hat, zumindest für drei Tage das Putzen sein zu lassen, telefoniere ich meine Arbeitsstätten ab und melde mich abwesend.

„So, so", sagt mein Lieblingskollege in einem seltsamen Tonfall. „Und das hat sicher nichts mit dem Hünen zu tun, der mir gestern Nacht in deiner Straße begegnet ist?"

„Hüne?", frage ich verständnislos.

Einen Wimpernschlag später habe ich Phil vor Augen.

„Groß, athletisch, finsterer Blick." Julios Stimme hat einen beinahe sehnsüchtigen Ton. „Ich hätte schwören können, der wäre aus deinem Treppenaufgang gekommen."

„Ähm ..." Ich versuche, mir nicht anmerken zu lassen, wie mein Herz beim Gedanken an meinen nächtlichen Begleiter höherschlägt. „Was machst du nachts in meiner Straße?", kontere ich mit einer Gegenfrage.

„Ha! Also war er bei dir!" Ich kann Julios selbstgefälliges Grinsen regelrecht hören. „Deshalb wolltest du schnell nach Hause ... Von wegen *den Kater füttern* ... Oder ist das dein Code für eine wilde Nacht?"

„Was? Hey!" Ich will instinktiv mit den Händen gestikulieren und bereue es sofort. „Aua ...", jammere ich.

„So wild also ...", kichert Julio am anderen Ende der Leitung.

Ich schnaube. „Du interpretierst das alles völlig falsch!" Genervt schließe ich die Augen.

„Er ist nur ein Bekannter", sage ich und überlege, ob ich Phil überhaupt als solchen bezeichnen kann. „Er hat mich vom Weihnachtsmarkt nach Hause begleitet."

„*Begleitet*?", hakt Julio nach.

„Ja, *begleitet*", wiederhole ich schnippisch. „Bis zur Haustür. Und sonst nichts."

Julio pfeift. „Puh …"

Ich höre Straßengeräusche im Hintergrund. Er muss wohl gerade das Haus verlassen haben.

„Also so einen Kerl an der Tür zurückzulassen …" Er seufzt. „Damn, Girl."

Plötzlich schrillt panisches Fahrradklingeln durch das Telefon. „Pass doch auf, du Schmalspurrennfahrerin!", ist das Nächste, was ich höre. „Das ist ein Gehweg!"

Dann lausche ich kurz dem Gezeter zwischen Julio und einer Fahrradfahrerin.

„Jedenfalls komme ich heute nicht in den Werkhof", sage ich besonders laut, um mir wieder Gehör zu verschaffen.

„Was?" Julio klingt kurz verwirrt. „Ach so, ja, ist klar."

Die Radfahrerin entfernt sich mit wüsten Beschimpfungen aus der Hörweite des Telefons. Oder vielleicht läuft auch mein Kollege vor ihr weg.

„Aber, Luzi, ernsthaft, der war ja selbst im Dunkeln ein Hingucker. Warum ist dieser Typ nur ein Bekannter für dich?", fragt er.

Ich zucke mit den Schultern. „Na ja, ich kenne ihn eigentlich kaum." Gedankenverloren beginne ich mit dem Saum meiner Armschlinge zu spielen. „Im Grunde weiß ich nur, dass er einen Glühweinstand am Weihnachtsmarkt betreibt. Und dass er eine ziemlich schrille Tante hat."

Ich muss unwillkürlich lächeln, als ich an die klimpernde und schimmernde Edda denke. Wie eine kleine Kräuterhexe kommt sie mir nun rückblickend vor.

Julio schnappt nach Luft. „Hast du gerade *Glühwein-stand* gesagt?"

„Ähm, ja." Mikesch springt auf meinen Schoß und ich beginne den Kleinen mit meiner unverletzten Hand zu kraulen.

„Du kennst den Hottie vom Glühweinstand?" Mein Kollege klingt gleichzeitig entsetzt und erfreut. „Im Ernst?"

„Hottie?" Ich lache, aber widerspreche nicht.

„Riesengroß, blond, krass grüne Augen", schwärmt Julio.

Sofort habe ich Phils Augen wieder vor mir und spüre seinen glühenden Blick. Meine Wangen und meine Hände brennen. Als hätte er gestern Abend seine Spuren auf mir hinterlassen.

„Das klingt nach ihm", sage ich leise.

„Alle meine Freunde reden über ihn! Ohne Scheiß, Luzi. Dein Bekannter war *das* Gesprächsthema bei der Party gestern!" Julio wird beim Reden immer schneller. „Alle fragen sich, was sein Deal ist. Weißt du, ob er eine Freundin hat? Oder einen Freund?"

Mein Herz rutscht mir in die Hose. Der Gedanke, dass Phil vergeben sein könnte, versetzt mir einen unerwarteten Stich.

„Nein, das ..." Ich räuspere mich. „Das weiß ich nicht."

„Luzi!", tadelt mein Freund und Kollege. Er klingt jetzt noch energischer als zuvor. „Das müssen wir rausfinden! Du gehst mit mir zum Weihnachtsmarkt und stellst mir den Goldjungen vor!"

Ich verziehe den Mund zu einer Schnute, die Julio nicht sehen kann. „Hast du mir nicht zugehört? Ich habe mich gerade krankgemeldet. Da kann ich doch nicht Party auf dem Weihnachtsmarkt machen!"

„Party auf dem Weihnachtsmarkt", äfft er mich nach.

„Luzi, wir trinken nur was und unterhalten uns mit einem Bekannten. Das wird deine Heilung schon nicht torpedieren." Er schnaubt. „Mit deiner lädierten Hand kannst du dich vielleicht aus der Arbeit rausreden, aber nicht aus einer Mission mit mir!"

Ich streiche über Mikeschs Rücken. „Aber ..."

Mir fehlen die Worte, um ihm zu widersprechen, denn ein Teil von mir will das.

Will zum Weihnachtsmarkt.

Will zu Phil.

Warum hatte ich nur sein Angebot mit dem Glühwein abgelehnt? Es wäre die perfekte Vorlage gewesen für ein Wiedersehen, ein Gespräch und vielleicht ...

Meine Gedanken springen zu seinen Lippen und den Schwaden heißen Atems in der kalten Nachtluft. Wie es wohl wäre, diese Lippen zu küssen?

„Hörst du mir noch zu, Luzi?", beschwert sich Julio und holt mich damit ins Hier und Jetzt zurück.

Für einen Moment hatte ich ganz vergessen, dass wir noch immer telefonieren.

„Ähm, was?" Ich räuspere mich. „Sorry, Mikesch hat mich kurz abgelenkt."

Bei der Erwähnung seines Namens schaut der Kater zu mir auf, als wollte er sagen: „Klar, schieb es auf mich, du verplante Tussi."

„Ich habe gesagt, ich komme zu dir und hole dich ab", erklärt mir mein Kollege.

„Aber ...", setze ich an zu sagen.

„Kein Aber! Meine Güte, ich vertrete dich beim Putzen, also tu mir den Gefallen und stell mich dem Glühwein-Boy vor, damit ich was zu erzählen habe!" Mit diesen Worten legt er auf.

Einen Moment sitze ich bedröppelt da und lasse die Wellen der Aufregung durch mich hindurch schwappen.

Ich werde auf den Weihnachtsmarkt gehen.

Ich werde Phil wiedersehen.

Oh. Mein. Gott.

Mit einem Mal wird mir klar, dass ich mich heute noch nicht richtig gewaschen und angezogen habe. Phil kann mich nicht in Pulli und Pyjamas sehen.

Auf gar keinen Fall!

Letzte Nacht habe ich mich Phil nicht gerade von meiner Schokoladenseite gezeigt. Das muss heute anders werden!

Mikesch protestiert, als ich ihn von meinem Schoß schiebe und mich aufrichte.

„Tut mir leid, mein kleiner Bandit, aber ich muss retten, was zu retten ist", erkläre ich die abrupte Unterbrechung der Streicheleinheit.

Ich stehe auf und gehe zu meiner Kommode. Mit nur einer Hand lassen sich die breiten Schubladen des etwas eingerosteten Möbels ungewohnt schwer öffnen. Dennoch ziehe ich ein Fach nach dem anderen auf, zerre Klamotten heraus und gehe verschiedene Kleiderkombinationen im Kopf durch.

Ich überlege, in welche Oberteile ich mich mit dem Verband wohl hineinzwängen kann. Vorsichtig schlüpfe ich aus der Armschlinge und kämpfe mich aus dem Pulli, den ich vorhin noch so flink übergezogen hatte.

Weil mein bandagiertes Handgelenk schon nicht so richtig durch den Ärmel des Pullovers will, entscheide ich kurzerhand, dass kein enger Longsleeve infrage kommt. Stattdessen fällt meine Wahl auf ein lockeres Flanellkleid.

Ich ziehe das schwarz-weiß karierte Teil einfach über mein Hemdchen drüber und schließe die Druckknöpfe.

Dann tausche ich Leggins und Socken gegen eine blickdichte Strumpfhose.

Mikesch beobachtet, wie ich den zarten Stoff Stück für Stück an mir hochziehe. Wenn ich es nicht besser wüsste, würde ich sagen, der Kater lacht mich aus.

„Guck nicht so, ich will dich mal eine Strumpfhose anziehen sehen", murre ich und hopse in Richtung des Badezimmers.

„Okay, da geht noch was", seufze ich, als ich meine zerzauste Frisur und meine vor Aufregung fleckigen Wangen im Spiegel sehe. Kopfüber kämme ich mein Haar und fasse es einhändig zu einem Dutt zusammen. Das Ergebnis sieht unordentlicher aus als sonst, aber vielleicht hat das auch seinen Charme.

Ich lege ein wenig Make-up auf, dann greife ich nach einer Sprühdose über dem Waschbecken. Ein bisschen Haarspray kann die Situation auf meinem Kopf eigentlich nur besser machen. Meine Finger beben, als ich die Strähnen um mein Gesicht zurechtzupfe und weiter an meinem *Messy Bun* herumwerkele.

Ich hoffe inständig, dass Phil mich, wenn ich heute an seinen Stand komme, nicht so entschieden abweisen wird, wie ich ihn abgewiesen habe. Ein kurzes Stoßgebet ans Universum verlässt meine Lippen, als ich etwas glänzenden Balsam auflege.

Noch ein einziges Mal könnte Amor mir heute einen Schubs geben.

Nur bitte in die richtige Richtung.

Und ohne dass ich dabei auf die Nase falle.

6 – Ein Schlückchen Feuer

„Ja, doch!", rufe ich die Treppe hinunter.

Ich hatte schon nach Julios erstem Klingeln meine Wohnung verlassen. Aber dann hatte ich mich mit meiner Armschlinge und dem losen Jackenärmel innen am Griff verfangen. Als Nächstes ist mir Mikesch durch die offene Tür entwischt. Und jetzt, nachdem ich ein laut protestierendes und kratzendes Fellknäuel einhändig zurück in die Bude verfrachten musste, nestele ich Ewigkeiten an meinem Schlüsselbund herum.

Und Julio klingelt und klingelt.

Bis es mir endlich gelungen ist, abzuschließen und die Treppe hinabzusteigen, strecken schon etliche Nachbarn die Köpfe durch die Wohnungstüren.

„Verzeihung", rufe ich im Vorbeigehen Frau Schmitt-Halder zu. „Mein Besuch ist ein wenig ungeduldig."

„Wo gehen Sie denn hin mit Ihrer Bandage?", will sie von mir wissen.

„Ach, ähm, nur ein Spaziergang", sage ich schnell. „Zum Weihnachtsmarkt", füge ich etwas leiser hinzu.

„Rennen Sie nicht wieder! Es ist immer noch glatt!", ermahnt sie mich, aber da bin ich schon auf dem nächsten

Treppenabsatz und werfe dem nächsten Nachbarn ein entschuldigendes Lächeln zu.

„Ist das dein Ernst?", beschwere ich mich, als ich Julio die Tür öffne. „Willst du das ganze Haus gegen mich aufbringen?"

„Na, hör mal!" Mein Kollege tut empört. „Ich stehe hier stundenlang in der Kälte und werde nicht einmal in den Flur gelassen."

Ich seufze. „Sorry, die automatische Entriegelung funktioniert manchmal nicht richtig. Aber das ist kein Grund, Sturm zu klingeln und die ganze Nachbarschaft in Aufruhr zu versetzen!"

Julio zuckt mit den Schultern. „Dann musst du eben schneller sein. Warum hast du überhaupt so lange gebraucht?"

„Armschlinge. Kater." Ich klimpere mit dem Schlüsselbund, den ich noch immer in der rechten Hand halte. „Verriegelungsschwierigkeiten."

Er hebt amüsiert eine Augenbraue.

Ich ziehe die Haustür hinter uns zu und wir setzen uns in Bewegung. „Ich bin es eben nicht gewohnt, nicht beide Hände benutzen zu können."

Er seufzt. „Verstehe. Tut's sehr weh?"

Ich schüttele den Kopf. „Wenn ich nicht gerade mit der Schlinge irgendwo hängen bleibe oder mein Kater sich in meinen Verband krallt, geht's eigentlich."

„Na, keine Sorge." Julio legt einen Arm um meine Schultern. „Jetzt bin ich ja da, um dich vor Verhedderfallen und gefährlichen Raubtieren zu beschützen."

Auf dem Weihnachtsmarkt muss ich darauf achten, nicht ständig angerempelt zu werden. Es ist voller, als ich es an einem Dienstag erwartet hätte, und weil die meisten Leute einen Kopf größer sind als ich, nehmen sie mich oft erst im letzten Moment wahr.

Ich drücke meinen verletzten Arm fest an meine Brust. Schirme ihn so gut es geht ab, während ich versuche, nicht auf dem glitschigen Pflaster auszurutschen oder über die dicken Kabelstränge, die den Weg kreuzen, zu stolpern.

„Geh du mal voraus!", rufe ich Julio über das Stimmengewirr der anderen Besucher und die Weihnachtsmusik zu. „Ich glaube, dann kommen wir besser voran!"

Er nickt und schiebt sich an mir vorbei. Der Effekt stellt sich unmittelbar ein. Einem großen Menschen, wie ihm, gehen alle direkt aus dem Weg. Darüber hinaus bemerke ich einige Leute, die meinem gut aussehenden Freund beim Ausweichen bewundernde Blicke zuwerfen. Er schreitet über den Platz wie über einen Catwalk. Julio ist einfach das geborene Fashion-Model.

„Wir sind gleich da!" Er wirft einen Blick über seine Schulter. „Da vorne sehe ich unseren Hünen schon!"

„Wirklich?", japse ich.

Leider kann ich noch gar nichts von Phil oder seinem Stand sehen. Ich bin eingekesselt von Allwetterjacken. Bei meinen nächsten Schritten hopse ich ein wenig, um über die Menge hinweg vielleicht doch einen Blick zu erhaschen.

Julio bemerkt es und lacht. „Du bist ja ganz aufgeregt, deinen *Bekannten* wiederzusehen!", zieht er mich auf und dreht sich zu mir um.

Ertappt stelle ich das Gehopse ein. „Gar nicht wahr!", protestiere ich. Es klingt lächerlich stur.

Julios Grinsen wird noch breiter. „Wie ein kleines Kind. Dein letztes Date ist wohl schon etwas länger her, was?"

Verlegen meide ich seinen Blick, konzentriere mich darauf, Stolperfallen auszuweichen.

Er weiß gar nicht, wie recht er hat.

Es ist viel zu lange her.

Und ich erinnere mich nur sehr ungern daran.

An Adrian.

Vor etwa drei Jahren hatte ich einen Job in einer großen Medienagentur ergattert. Adrian war ein Anfänger, frisch von der Uni wie ich. Wir haben uns gemeinsam eingearbeitet, haben den Workload und die Überstunden zusammen geschultert. Ständig haben wir aufeinandergehangen und, na ja, zumindest ich war verliebt. Doch als mir nach etwas mehr als einem Jahr in diesem super stressigen Job die Luft ausging, war er weg.

Also nicht weg-weg.

Er wurde zum Junior Creative Director befördert und plötzlich war ich, sein Mädchen für tatsächlich alles, nicht mehr von so großem Nutzen.

So schnell wie sie gekommen sind, schüttele ich die schmerzhaften Gedanken an Adrian und unsere Beziehung wieder ab. Mit diesen Karrieretypen war ich genauso fertig wie mit meiner eigenen Karriere.

Julio mustert mich mit einem nachdenklichen Blick.

„Na ja, wenn wir etwas trinken, wird deine Nervosität schon verfliegen", meint er aufmunternd.

Wir umkreisen eine bunt gemischte Gruppe und endlich sehe auch ich die Marktbude. „Glühwein. Kinderpunsch. Kakao", steht in verschlungenen Lettern auf den aufgeklappten Fensterläden. Darunter hängt eine lange Liste verschiedener Heißgetränke und ihrer jeweiligen Preise.

Ich bin überrascht, mindestens ein halbes Dutzend Sorten Glühwein zu entdecken. Ich dachte, es gäbe nur weißen oder roten.

„Weißes Feuer", murmelt Julio, der sich auch gerade die Liste durchliest. „Heißer Weißwein mit Mandarin-Orange, Holunderblütensirup und Chili. Das klingt mal interessant."

Ich trete dicht neben ihn. „Klingt wirklich gut", stimme ich zu. Mir gefällt die außergewöhnliche Kombination.

Ob Phil sich die ausgedacht hat?

„Frohe Weihnachten. Was darf's sein?"

Ich stehe seitlich vom Ausgabefenster, sodass ich Phil nicht sofort sehen kann. Aber die Stimme meines nächtlichen Begleiters erkenne ich sofort. Ein Schauder rinnt meinen Rücken hinab.

„Hallo! Zweimal *Weißes Feuer* für mich und meine Freundin hier", bestellt Julio.

Phil beugt sich etwas über den Tresen und schaut direkt in meine Richtung.

Seine Augen weiten sich. „Luzia?", fragt er.

Mein Herz macht einen Satz, als ich meinen Namen aus seinem Mund höre.

Phils Blick wandert von meinem Gesicht zu meinem bandagierten Arm. „Wie hast du das angestellt?" Es könnte eine freundliche Erkundigung sein, aber so wie er sie ausspricht, klingt sie eher anklagend.

„Luzi hat's nicht so mit Treppenstufen", nimmt Julio meine Antwort vorweg. „Der kleine Tollpatsch ist heute Morgen ausgerutscht und auf die Hand gefallen."

Phil schüttelt den Kopf, dann lehnt er sich wieder zurück und verschwindet aus meinem Sichtfeld.

Blut rauscht durch meine Ohren. So laut, dass die fröhliche Weihnachtsmusik auf dem Markt zu einer Art Summen im Hintergrund wird.

„Ich bin übrigens Julio", stellt sich mein Kollege vor, während er einen Zwanzig-Euro-Schein aus seinem Portemonnaie fummelt.

„Phil", kommt die knappe Antwort aus dem Innern der Hütte.

„Schön, schön." Julio dreht sich zu mir und macht eine vielsagende Bewegung mit seinen Augenbrauen.

Läge meine eine Hand nicht in einer Schlinge, würde ich ihn erwürgen. Geht's denn noch auffälliger?

„Also, Phil, Luzi erzählt mir, dass du sie gestern ganz gentlemanlike nach Hause eskortiert hast", säuselt Julio. „Das war ja wirklich super nett von dir."

Ich sehe kurz Phils Fingerspitzen, als er meinem Kollegen das Wechselgeld aushändigt.

„Ich wurde gezwungen", höre ich ihn unverblümt sagen.

„Was?" Julio dreht die Augen heraus. „Gezwungen?", wiederholt er lachend. „Da hast du mir wohl nicht die ganze Geschichte erzählt!", fügt er tadelnd in meine Richtung hinzu.

„Es ..." Mit bebender Stimme suche ich nach den richtigen Worten.

„Es gibt keine Geschichte", sagt Phil. Es klingt so nüchtern und kalt, dass es meiner Aufregung einen gehörigen Dämpfer versetzt.

Keine Geschichte ...

Okay.

Ich gebe mir alle Mühe, meine Enttäuschung hinunterzuschlucken.

Im nächsten Moment hält mir Julio eine dampfende Tasse hin. „Kannst du die nehmen oder soll ich sie rübertragen?" Er macht eine Kopfbewegung nach rechts.

Ich folge seinem Blick. Durch Lücken in der Menge sehe ich einen freien Stehtisch einige Meter entfernt von uns.

„Klar! Moment." Ich zwinge mich zu einem zuversichtlichen Lächeln. Dann richte ich meine Handtasche, sodass sie mir nicht von der Schulter rutschen kann, und nehme die Tasse entgegen.

Mein Kollege bahnt uns wieder einen Weg durch die feiernden und trinkenden Menschen. Der Glühweinbecher in meiner Hand wird immer wärmer. Ich bin froh, als wir den angesteuerten Platz erreichen und ich ihn kurz abstellen kann. Ich lehne mich an den Stehtisch. Plötzlich fühle ich mich ein wenig … platt. Irgendwie hatte ich mir das Wiedersehen mit Phil anders vorgestellt.

Oder zumindest anders erhofft.

„Er ist ein wenig ruppig, was?" Mein Lieblingskollege sieht mich forschend an.

Ich seufze. „Wahrscheinlich bin ich selbst schuld." Die Finger meiner rechten Hand spielen mit dem Träger meiner Tasche. „Er hatte mich heute hierher auf einen Glühwein eingeladen."

Julios Mund klappt auf.

„Und ich habe abgelehnt." Beschämt halte ich mir die Hand vor die Augen. Ich könnte mir selbst in den Hintern treten.

„Du hast ihn also nicht nur stehen, sondern wirklich abblitzen lassen?" Julio pfeift anerkennend und spöttisch zugleich. „Obwohl du voll auf ihn abfährst?" Er schüttelt den Kopf. „Du bist hoffnungslos!"

„Ich weiß ...", jammere ich, lasse die Hand sinken und schaue flehend zu Julio auf. „Was soll ich jetzt machen?"

„Oh, Mann ... Luzi." Er zieht eine Schnute. „Genau das meine ich mit Basset Hound. Du bist wie so ein Welpe, der einem die Schuhe zerkaut und dann ganz schuldig dreinschauend daneben sitzt." Er greift über den Stehtisch und wuschelt mir durch die Haare. „Aber diese Misere musst du selbst geradebiegen." Julio schaut in Richtung des Glühweinstands. „Meine Güte, was für eine Chance du hattest!"

Ich starre frustriert ins Leere.

„Okay, während du uns hier den Tisch freihältst und über deine schlechten Entscheidungen nachdenkst, hole ich uns was zu futtern", verkündet Julio. „Was sagst du zu Lángos?"

Ich nicke. „Für mich mit Zimt-Zucker, bitte." Diese süße Aufheiterung brauche ich jetzt. Ich ziehe meine Handtasche umständlich von meiner Schulter und reiche sie Julio. „Und nimm meinen Geldbeutel zum Bezahlen, ja?"

Spitzbübisch grinsend nimmt er mein Täschchen entgegen. „Oh, in dem Fall werde ich mir ganz viele Extra-Toppings aussuchen."

„Mach, was du willst!" Ich lächle und schaue Julio zu, wie er sich in Richtung Fressbude davonmacht.

Es ist jetzt etwa zwei Uhr nachmittags und gefühlt hat ganz Fichtingen früher Feierabend gemacht, um sich nach der Arbeit hier auf einen Plausch zu treffen. Bis Julio mit unserem Essen zurückkehrt, wird es bestimmt ein Weilchen dauern.

Ich spiele unschlüssig an meinem Verband herum, als plötzlich jemand direkt vor mich tritt und stehen bleibt.

Verwirrt schaue ich an der Person hinauf.

Phil.

„H-Hallo", bringe ich hervor.

Er sieht mich mit einem merkwürdigen Ausdruck an.

„Ist das dein Freund?", fragt er, ohne mich zu begrüßen.

Julio ist nicht da, aber uns beiden ist klar, von wem er spricht. Trotzdem trifft mich die Frage unvorbereitet.

„Der Typ, der aussieht wie ein Model?", will Phil mir auf die Sprünge helfen.

„Julio ist mein Kollege", antworte ich perplex. „Und ein Freund."

„Ein Freund. Okay." Phil fährt sich durchs Haar. Seine grünen Augen sind unverwandt auf mich gerichtet.

Mir wird ganz warm unter seinem Blick.

„Ähm, danke nochmal für gestern", sage ich verlegen. „Und, ich, ähm, hätte vielleicht nicht so pauschal ablehnen sollen. Also dein Angebot mit dem Glühwein ... Ich war einfach schlecht drauf."

„Vergiss es, es war das falsche Timing." Er wippt auf dem Fuß hin und her. „Dich zu fragen, direkt nachdem ich dich da vor der Haustür abgeliefert hatte, muss dir ja seltsam vorgekommen sein. Als ob du mir eine Verabredung schuldest, weil ich dich begleitet habe oder so ..." Er schaut zu seinen Füßen.

„Nein, was? Deswegen habe ich nicht, also ... So hatte ich das nun wirklich nicht verstanden", versichere ich ihm.

Eine kleine Ewigkeit herrscht Stille zwischen uns.

Ich überlege fieberhaft, was ich sagen soll.

Was ich sagen will.

Aber mein Kopf ist wie leergefegt.

Dann räuspert sich Phil. „Okay, na dann ..." Er versenkt die Hände in den Taschen seiner dunklen Schürze.

„Ich muss dann mal zum Stand zurück. Meine Aushilfen drehen sonst durch bei dem Ansturm." Als Zeichen seines Abschieds tippt er sich kurz an die Stirn.

Ich nicke eifrig und hebe die Hand zu einem unsicheren Winken. „Ja, natürlich, okay. Tschau."

Phil geht ein paar Schritte, dann dreht er sich noch einmal zu mir um.

„Gute Besserung für deine Hand", sagt er und deutet auf meinen Arm. „Sei vorsichtiger, Luzia." Er bahnt sich einen Weg durch die Menschenschlange zu seiner Marktbude.

Ich starre ihm noch immer mit offenem Mund hinterher, als Julio neben mich tritt.

„War das Phil?", fragt er aufgeregt und legt die Lángos auf dem Tisch ab. „Was wollte er?"

„Ich ...", sage ich verdattert, „ich weiß auch nicht ..."

Es dauert einen Moment bis ich registriere, dass mir Julio die Tasse mit Glühwein vor die Nase hält. „Trink mal was, Mädchen, zur Beruhigung."

Ich nehme den Becher und schaue ihn fragend an.

„Du bist rot wie eine Tomate, Kleines." Er kichert. „Mann, Mann, Mann ... Der Glühwein-Bursche hat dir ganz schön den Kopf verdreht."

Julio nippt an seiner Tasse. Ich tue es ihm gleich.

Der Glühwein ist warm, süß und fruchtig. Aber dann heizt ohne Vorwarnung die Schärfe der Chilis über meine Zunge.

„Wow", keuche ich. „Das hatte ich nicht erwartet."

Julio schaut auf sein Getränk, dann zu mir, dann in die Richtung von Phils Verkaufsstand. „Ich auch nicht."

7 – Funkenflug mit Folgen

Am Mittwochmorgen ist die Schwellung an meiner Hand schon deutlich zurückgegangen. Ich kann sie sogar ein wenig bewegen, ohne dass es allzu sehr wehtut. Nach dem Frühstück beschließe ich, Frau Schmitt-Halder zu besuchen, um ihr die Armschlinge und die Kompresse zurückzugeben.

„Fräulein Klamm!", begrüßt sie mich überschwänglich an der Tür. „Kommen Sie rein, Kind. Kommen Sie." Sie nimmt die Schlinge, die ich ihr hinhalte, eifrig nickend entgegen.

Überrascht folge ich ihrer Einladung und trete über die Schwelle.

„Wie geht es Ihrer Hand?", erkundigt sie sich.

„Schon viel besser. Danke", murmele ich und schaue mich etwas unsicher in ihrer Diele um.

„Nun kommen Sie! Und lassen Sie die Schuhe ruhig an", sagt sie mit Blick auf die Badelatschen, in die ich schnell geschlüpft bin. „Sie werden mir bestimmt keinen Schmutz hereintragen, nicht wahr? Sie sind ja vom Fach."

Es dauert einen Moment, bis ich realisiere, dass sie auf meine Putzjobs anspielt. Was für eine seltsame Aussage. Ich lächle nur und folge ihr dann den schmalen Wohnungsflur hinunter.

„Ich muss schon sagen, Dr. Krenz hat sie als Haushälterin in den höchsten Tönen gelobt." Frau Schmitt-Halder führt mich in ihr Wohnzimmer.

Die Tapete des kleinen, aber hohen Raums ist violett und sieht aus, als könnte sie aus Stoff bestehen. Es ist genau die Art von Oberfläche, an der Mikesch sich am liebsten seine Krallen schärft, wird mir grinsend bewusst.

„Ich bin nicht seine Haushälterin", stelle ich klar, als meine Nachbarin mir bedeutet, mich zu setzen. „Ich übernehme nur das Putzen. Kochen und Wäsche regelt Dr. Krenz selbst."

„Selbst?", ruft Frau Schmitt-Halder freudig aus. „Was für ein moderner Mann!" Sie stellt eine Teekanne und zwei Tassen vor uns auf den Couchtisch.

„Er ist eben Junggeselle", verrate ich und sehe sofort, wie das ihre Augen zum Leuchten bringt

„Tatsächlich?" Frau Schmitt-Halder wird rot.

„Oh, ja, er war nie verheiratet", beteuere ich. Dr. Krenz hat mir das eine oder andere Mal seine Lebensgeschichte erzählt. Und weil er so ein netter Chef ist, habe ich immer gut zugehört.

„Was sie nicht sagen!" Die Hände meiner Nachbarin zittern ein wenig vor Aufregung, als sie uns dampfenden Tee eingießt.

Ich kann kaum glauben, dass die Frau, die hier neben mir auf dem Sofa sitzt, meine sonst so mürrische Nachbarin ist. Es ist geradezu liebenswert, wie auffällig sie hofft, etwas über Dr. Krenz zu erfahren.

Verliebtheit trifft einen mit Ende Sechzig wohl genauso hart wie in jüngeren Jahren, denke ich mir und frage mich, ob ich für Julio genauso hoffnungslos verknallt aussehe.

„Wann sehen sie Dr. Krenz das nächste Mal?", fragt Frau Schmitt-Halder. „Ich meine, wann arbeiten Sie für ihn?"

„Dienstag", antworte ich. „Ich putze immer am Dienstagvormittag in seiner Wohnung. Als gestern das mit dem Sturz passiert ist, war ich gerade auf dem Sprung zu ihm."

„Aha. Gut. Sehr gut." Sie nippt an ihrem Tee.

Ich greife jetzt auch nach meiner Tasse.

„Würden Sie ..." Frau Schmitt-Halder ringt mit den Worten. „Würden Sie ihm etwas von mir geben? Am nächsten Dienstag?"

„Natürlich." Ich nehme einen Schluck. „Was denn?"

Sie steht auf und läuft zu einem altmodischen Vitrinenschrank. „Oh, nun, es ist nur eine Kleinigkeit ...", murmelt sie und holt ein dunkles Kästchen hervor. „Er hat mir neulich einen, ähm, medizinischen Rat gegeben."

Als meine Nachbarin zu ihrer geblümten Couch zurückkehrt, erkenne ich den Schriftzug auf der Holzschachtel. Es sind edle Schnapspralinen. Sehr edle.

Nicht die Art, mit der man Danke sagt. Sondern die Art, mit der man *„Ich freue mich auf einen romantischen Abend mit dir."* sagt. Zumindest suggerieren das die Werbespots für die Süßigkeit.

Ich mache große Augen. „Und Sie sind sicher, dass ich sie ihm mitbringen soll?", frage ich zögerlich. „Wollen Sie dieses Geschenk nicht persönlich übergeben?"

„Nun, ich ..." Frau Schmitt-Halder wird ganz verlegen und reibt sich die Unterarme. „Ich denke, das ist schon gut so." Sie legt die Pralinen demonstrativ neben meine Teetasse.

„Okay", sage ich, „Dann mache ich das für Sie."

Als ich eine knappe halbe Stunde später wieder in meiner Wohnung bin, flitzt Mikesch wie von der Tarantel gestochen aus dem Badezimmer.

„Oh nein." Ich lasse den Schlüssel fallen und drücke die Wohnungstür hinter mir zu. „Sag mir nicht, dass du schon wieder aus der Kloschüssel getrunken hast, du kleiner Teufel!"

Ein Blick ins Bad bestätigt mir, dass der Toilettendeckel offen steht.

Ich schnaube. „Mikesch! Das ist eklig!"

Schimpfend schließe ich das WC und stapfe zurück in mein Schlaf-Wohn-Esszimmer.

„Hol dir eine Katze, haben sie gesagt. Das sind super reinliche Tiere, haben sie gesagt", murre ich vor mich hin, während ich den Esstisch ansteuere. „Unfassbar. Warum hab ich von allen peniblen Katzenmännern den größten Stinker abbekommen?"

Mikesch lugt hinter der Kommode hervor.

„Denk gar nicht dran", ermahne ich ihn. „Mit diesem Näschen kommst du heute nicht in meine Nähe!"

Der Kater verzieht sich beleidigt in eine der Höhlen seines zweistöckigen Kratzbaums.

Ich hocke mich auf einen Esstischstuhl und klappe meinen Laptop, der quasi immer auf dem Tisch steht, auf.

Es ist ungewohnt für mich, um diese Zeit nicht irgendwo zu putzen. Eigentlich wären heute die Reimanns dran. Eine Immobilienmaklerin und ein Ingenieur, die eigentlich viel zu selten in ihrer Wohnung sind, um sie nennenswert zu verschmutzen. Aber sie bestehen trotzdem darauf, dass ich einmal die Woche komme, um abzustauben, zu saugen und zu wischen. Frau Reimann war nicht so begeistert, als ich ihr abgesagt habe.

„Dann hoffe ich, dass Sie sich schnell erholen!", habe ich ihre Stimme noch im Ohr. „Sonst müssen wir uns ja nach einer anderen Putzhilfe umsehen."

Ich rolle jetzt noch mit den Augen, wenn ich an das Telefonat denke. Als würde sie im Dreck versinken, nur weil ich ein einziges Mal ausfalle.

Etwas missmutig klicke ich auf die Tasten meines PCs. Ohne zu wissen, was ich mir eigentlich davon erwarte, logge ich mich auf einem meiner Social-Media-Accounts ein.

Und erstarre.

Ich habe eine neue Freundschaftsanfrage.

Von Phil Weiß.

Von Phil!

Ich springe beinahe aus dem Stuhl.

Er hat mich online gesucht. Und gefunden!

Etwa zehn Sekunden lang freue ich mich, dann dämmert es mir. Hektisch scrolle ich mein Profil hinunter und schäme mich sofort für jedes schlechte Foto, das dort noch immer zu sehen ist.

Warum habe ich mein Social Media nicht längst einmal ausgemistet? Jetzt kennt Phil nicht nur meine bescheidenen Erfolge in der Medienwelt und die Schnappschüsse längst vergangener Studentenpartys. Nein, er weiß jetzt auch, was für eine schreckliche Frisur ich zum Abiball getragen habe und dass ich den besseren Teil meiner Jugend damit verbracht habe, als Avril-Lavigne-Double durch die Gegend zu rennen.

Ach. Du. Schande.

Ich weiß, wie weit es vom vierten Stock bis in den Erdboden ist, aber ich würde trotzdem gerade gern darin versinken. Was denkt der jetzt nur von mir?

Andererseits ... Wenn er mir eine Anfrage schickt, hat es ihn wohl nicht völlig abgeschreckt.

Kurzerhand bestätige ich die Einladung und klicke neugierig auf sein Profilfoto. Es reizt mich nun auch, mal in seiner Vergangenheit zu stöbern.

Nachdem ich ein paar Monate in der Zeit zurückgescrollt bin, weiß ich über Phil Weiß drei Dinge: Er ist 27, zwei Jahre älter als ich. Er ist sehr fotogen. Und viel unterwegs!

Auf Dutzenden Fotos sehe ich ihn vor seinem Glühwein-Stand stehen, an dem er – je nach Saison – auch Aperol Spritz, Limonade oder Mai-Bowle anbietet.

Auf einem Bild aus dem Jahr 2019 steht er vor einem hell erleuchteten Riesenrad, Arm in Arm mit zwei Menschen, die seine Eltern sein könnten. Die blonden Haare der hochgewachsenen Frau sehen seinen zum Verwechseln ähnlich.

Als ich den Cursor weiter nach unten bewege, entdecke ich auf einigen Bildern auch Edda. Breit grinsend, bunt und über und über mit Schmuck behangen schlingt die kleine, alte Frau einen Arm um die Hüfte ihres Neffen. Ein grauhaariger Herr mit runden Backen und freundlichem Lachen legt Phil von der anderen Seite einen Arm um die Schulter.

Ich lese die Caption unter dem Foto: „Onkel Hugo, Tante Edda und ich machen das Herbstfest unsicher! Holt euch einen Apfelpunsch bei uns!", steht da begleitet von sich zuprostenden Zwinker-Smileys.

Ich lächle.

Mir gefällt die Vorstellung von einem jüngeren Phil, der mit seiner Familie von Fest zu Fest tourt.

Ein Pop-up reißt mich aus meiner Schwärmerei. In meinem Postfach wartet eine neue Nachricht.

Als ich auf den kleinen Briefumschlag klicke, sprudelt schon die Aufregung in mir empor. Sie ist von Phil!

Ungeduldig warte ich darauf, dass sich der Bildschirm aktualisiert.

„Hallo Luzia", schreibt er und mir ist, als hätte er die Wörter laut ausgesprochen.

Ein Schaudern geht durch mich hindurch.

„Hi", tippe ich hastig und füge nach kurzem Überlegen noch „Phil" hinzu.

Phil: Hallo Luzia.
Du: Hi Phil.
Phil: Sorry, dass ich gestern auf dem Weihnachtsmarkt so seltsam war.

Ich zögere einen Moment, unsicher was ich darauf antworten soll.

Ja, er hat sich irgendwie seltsam verhalten, aber dann wiederum hatte ich mich Montagnacht auch ziemlich seltsam verhalten. Erst hatte ich mich in meiner eigenen Stadt verlaufen, dann hatte ich geweint und dann hatte ich eine absolut freundliche Einladung ziemlich harsch zurückgewiesen. Also kann ich ihm seine Seltsamkeiten ja kaum krummnehmen, oder?

Wieder ploppt eine Nachricht auf.

Phil: Ich bin normalerweise nicht so. ;)

Ich muss grinsen.

Du: Wie bist du denn normalerweise?

Gespannt warte ich auf seine Antwort.

Phil: Netter.

Nun breche ich endgültig in Lachen aus. Ich lasse es ihn mit dem entsprechenden Emoji wissen.

Du: xD
Phil: Mein Angebot steht noch. Dein nächster Glühwein geht auf mich.

Mein Herz beginnt aufgeregt zu pochen.
Passiert das gerade wirklich?

Phil: Wenn du magst.
Du: Ja!

Meine Antwort ist so schnell raus, dass gar keine Zeit bleibt, um zu überlegen, ob das jetzt datingstrategisch gut war. Kriegt man Punktabzug für prompte Zustimmung und zu viel Enthusiasmus?

Phil: Cool. Was machst du morgen Abend?

Morgen war Donnerstag. Einer meiner freien Abende.

Du: Habe bisher nichts vor.

Ungeduldig sehe ich zu, wie das Wörtchen „schreibt" hinter seinem Namen erscheint und wieder verschwindet.

Phil: *Komm doch so um 9 Uhr auf den Markt. Da ebbt der Andrang langsam ab. Wir könnten zusammen was trinken.*

Mit angehaltenem Atem lese ich seine Nachricht und bleibe an einem Wort hängen: *zusammen.* Wie hypnotisiert starre ich darauf. Phil missdeutet mein Zögern.

Phil: *Du kannst auch diesen Freund mitbringen, wenn du so spät nicht allein kommen magst. Früher kann ich mir nur leider nicht so leicht Zeit für dich nehmen.*

Ich spüre, wie meine Wangen zu glühen beginnen.
Er will sich Zeit nehmen! Für mich!
Ich freue mich so, dass ich kaum wahrnehme, dass sich mein stinkiger, kleiner Kater an mich schmiegt. Ich hämmere in die Tasten, als würden die Worte mit entsprechender Gewalt schneller durch den Cyberspace fliegen.

Du: *Ich werde auf jeden Fall da sein. Vielen Dank für die Einladung. ^^*

Sekunden, die sich wie Minuten – ach was, wie Stunden! – anfühlen, verstreichen.

Phil: *Ich freu mich drauf. :)*

Ich vergrabe das Gesicht in den Händen und quietsche wie ein Schulmädchen.
Ich mich auch.
Ich mich auch.
Ich mich auch.

8 – Rat und Tat

Ich wippe ungeduldig mit dem Fuß, während aus meinem Handy wieder und wieder das Freizeichen ertönt.

„Komm schon, geh ran!", murmele ich.

Wieder tutet es in der Leitung. Dann, endlich, hebt jemand ab.

„Luzi?", gähnt Julio am anderen Ende. „Was gibt's?"

„Hast du etwa noch geschlafen?", frage ich überrascht.

„Ja", sagt mein Kollege tonlos.

„Aber es ist fast 12!" Ich schaue auf die Uhranzeige meines Smartphones, die besagt, dass es beinahe Zeit fürs Mittagessen ist.

„Luzilein, nicht jeder führt so ein langweiliges Cat-Lady-Leben wie du." Julio seufzt. „Ich war gestern aus. Es wurde spät. Und ich brauche meinen Schönheitsschlaf. Im Gegensatz zu dir bin ich nicht krankgeschrieben und muss heute Abend noch Busse schrubben." Es klingt, als wäre er drauf und dran, sich die Decke wieder über den Kopf zu ziehen. „Falls du mich also nur geweckt hast, um mich über die Uhrzeit in Kenntnis zu setzen, lege ich jetzt wieder auf."

„Nein! Warte! Sorry", sage ich schnell und komme zum Thema. „Ich brauche deine Hilfe."

„Bist du wieder irgendwo runtergefallen?", fragt er matt.

„Nein, ich ... Es ist alles gut ... Also fast. Ich meine, nein, es ist nicht gut. Doch natürlich ist es gut. Es ist ...“ Ich bin so aufgeregt, dass meine Zunge über sich selbst stolpert. „Weißt du noch, als du gesagt hast, dass mein letztes Date wohl schon länger her wäre?“

„Du meinst gestern, als du dich auf dem Weihnachtsmarkt wie ein verknallter Teenager aufgeführt hast?“, kontert Julio meine Frage. „Ja, ich erinnere mich lebhaft.“

„Ja, also ... Ich hab jetzt ein Date“, sage ich.

Stille.

Ich räuspere mich. „Julio, bist du noch da?“

„Du hast ein Date?“, fragt er und klingt plötzlich viel wacher.

„Ja.“ Ich bin froh, dass er nicht sehen kann, wie ich dabei erröte.

„Mit dem Typen vom Glühweinstand?“, hakt er weiter nach.

„Mit Phil, ja.“ Ich unterdrücke das Kichern, das aus meiner Kehle sprudeln will.

„FRANZI!“, plärrt es plötzlich aus dem Hörer und ein Rumpeln verrät mir, dass mein Freund sich aus dem Bett gekämpft hat. „Franzi! Es ist unglaublich! Luzi hat den Glühweinkerl klargemacht!“

„Nee, oder?“, erklingt es leiser aus dem Hintergrund. „Den hat bisher niemand rumgekriegt!“

„Luzi, erzähl mir alles!“, fleht mich Julio geradezu an. „Wie war es? Wo war es?“

„Wir haben uns nur verabredet.“ Plötzlich ziere ich mich, mit den Details herauszurücken. Dabei möchte ich Julio um einen Dating-Ratschlag bitten. „Morgen treffe ich ihn auf dem Markt.“

„Oh mein Gott, das sind die aufregendsten News der ganzen Saison!", jubelt Julio und mir ist, als würde ich ein missmutiges Schnauben im Hintergrund hören.

„Also, ich weiß ja nicht ..." Jetzt kichere ich doch ins Telefon. „Na ja, für mich ist es schon ziemlich aufregend." Ich fange mich wieder und schlucke. „Deshalb rufe ich an. Ich habe echt Angst, es zu verbocken."

„Du hast Angst, dein Date zu verbocken?", fragt Julio, seine Stimme wird ganz weich. „Und da rufst du *mich* an?"

„Ähm ... ja." Ich überlege kurz, ob es unangemessen war, meinen Kollegen zu kontaktieren. Aber irgendwie ist er im Moment für mich das, was einem besten Freund am nächsten kommt. Ich mag ihn. Und ich vertraue ihm.

„Oh wow." Er klingt ergriffen. „Es ist endlich passiert, Franzi", sagt er. „Jemand bittet mich um *Dating Advice*."

„Die muss wirklich verzweifelt sein", höre ich Franzi sagen.

„Ach, Franzi, du Miesepeter" , grummelt er. Wieder an mich gewandt fährt er fort: „Hör nicht auf meine verbitterte Mitbewohnerin, Liebes. Ich helfe dir. Ich bin dein Date Doctor."

Ich lache nervös. „Okay ..."

„Komm doch vorbei!", fordert er mich auf. „Dann kannst du mir alles erzählen und wir schauen mal, wie wir das Ding schaukeln."

Eine Stunde später stehe ich vor dem Mehrfamilienhaus in der Altstadt, das Julio bewohnt. Obwohl der Weg hierher nicht allzu weit ist, bin ich zwei Stationen mit dem Bus gefahren. Ich dachte, dass ich so ein paar Gelegenheiten, mich erneut aufs Eis zu legen, ausweichen könnte.

Bisher hat das geklappt.

Ich drücke die Klingel und ein mechanisches Brummen ertönt. Mit meinem rechten Arm drücke ich gegen die Tür.

Erst als ich im Hausflur stehe, erkundigt sich jemand: „Luzi, bist du's?" Julio streckt seinen Kopf aus einer Tür im Hochparterre.

„Ja!" Ich schließe die Eingangstür hinter mir und laufe über eine kleine Rampe zu seiner Wohnung hoch. „Hi!", begrüße ich ihn.

„Komm rein!" Er macht einen Schritt zurück, um mich eintreten zu lassen. „Hier hast du ein Paar Pantoffeln." Julio stellt mir die Schuhe aus Frottee hin. „Wir sind ein ordentlicher Haushalt."

„Alles klar. Danke." Ich beuge mich nach unten und löse die Schnürsenkel an meinen Schuhen.

Ich brauche wohl länger als gewohnt, um die Schleifen zu lösen, denn Julio fragt: „Tut deine Hand noch sehr weh?"

Ich zucke mit den Schultern, während ich mich wieder aufrichte und aus meiner Jacke schäle. „Es geht eigentlich. Ab morgen gehe ich wieder zur Arbeit. Dann werde ich schon merken, was ich schon alles mit links machen kann."

Er nickt und nimmt mir den Parka ab. „Sehr gut, denn wenn ich noch mehr Schichten allein mit Marita und Cindy durchstehen muss, werde ich mich krankmelden." Mein Kollege verdreht theatralisch die Augen. „Es ist unerträglich ohne dich!"

Ich lächle ihn an, während ich in die Hausschlappen schlüpfe. „Das nehme ich als Kompliment."

„Bilde dir nicht zu viel darauf ein. Er ist einfach ein Schleimer", ertönt eine belustigte Stimme, die ich schon von dem Telefonat vorhin kenne.

Ich drehe mich um.

Eine junge Frau im Rollstuhl kommt mit Schwung um die Ecke. Sie hat ein schelmisches Grinsen auf den Lippen und eine glänzende, rote Lockenmähne.

„Hallo, ich bin Franzi", stellt sie sich vor.

Ich ergreife ihre ausgestreckte Hand und schüttele sie. „Ich bin Luzia. Also Luzi."

„Ja, ich weiß." Franzi kichert in sich hinein. „Die, die den Glühwein-Mann in ihren Bann gezogen hat."

Ich werde rot. „Also ...", beginne ich, aber weiß im Grunde gar nicht, was ich darauf antworten soll.

„Daran arbeiten wir heute!", ruft Julio aus und legt freundschaftlich einen Arm um mich. „Komm erst einmal mit in die Küche. Es gibt Kaffee."

„Und Kuchen!", ergänzt Franzi und fährt voraus.

Ich folge den beiden durch den Wohnungsflur. Mir fällt auf, dass keine Kommoden oder andere, sperrige Möbel an den Seiten stehen. Stattdessen verläuft eine Art Handlauf von einer Zimmertür zur nächsten. An der Wand darüber hängen jede Menge moderne Gemälde und ziemlich professionelle Fotos von Julio.

Ich wusste ja, dass er eine Modelkarriere anstrebt. Jetzt sieht es für mich so aus, als hätte er schon einige Erfolge gehabt.

Ich staune immer noch, als ich die helle, moderne Küche betrete. In ihrer Mitte ist ein runder Tisch für drei Personen eingedeckt. Julio deutet auf einen der zwei bereitstehenden Stühle. Ich nehme Platz, während er und Franzi sich zu meinen Seiten gesellen.

„Danke." Ich rücke ein wenig an die Kaffeetafel heran. „Wirklich nett von euch, dass ich so spontan vorbeikommen konnte."

Franzi und Julio tauschen einen Blick aus.

„Ich sage mal so", die Mitbewohnerin meines Kollegen hebt bedeutungsvoll eine Augenbraue. „Deine kleine Romanze ist das Spannendste, was diese Woche in diesem Nest passiert ist."

„Ich weiß nicht, ob man es wirklich so nennen kann." Ich spiele mit einer Serviette, die für mich auf dem kleinen Kuchenteller bereitliegt.

„Oh, glaub mir!" Julio steht prompt wieder auf und holt ein paar Kaffeetassen aus einem niedrigen Küchenschrank. „Es ist eine! Diese Blicke zwischen euch gestern ..." Er seufzt und verteilt die Porzellanbecher. „Die Spannung war förmlich greifbar."

„Uhhh, erzähl mir mehr!" Franzi greift sich die Kaffeekanne, die schon auf dem Tisch steht und schenkt sich ein.

„Das muss schon Luzi machen." Julio füllt als Nächster seine Tasse, dann gießt er auch mir von dem dampfenden Getränk ein. „Erklär mal! Wie genau hast du diesen Phil eigentlich kennengelernt?"

Ich lache verlegen und hole tief Luft. „Vorgestern als wir zu spät auf dem Weihnachtsmarkt waren und du noch in die Kneipe bist ..."

„Mooooooment!" Julios Kaffeelöffel fällt klirrend auf seine Untertasse. „Da hast du ihn getroffen? Ich habe ihn quasi nur knapp verpasst?"

„Lass die Frau doch mal ausreden!", fährt ihm Franzi über den Mund. „Immer bist du so vorlaut und drängelst!"

Ich warte das kurze Gezeter, das daraufhin zwischen den beiden entfacht, ab, bevor ich weiterrede.

„Ich habe ein seltsames Geräusch gehört. Einen Schrei", erzähle ich, als ich mir ihrer Aufmerksamkeit wieder sicher bin. „Es kam aus einer der Marktbuden."

„Meine Güte, das ist ja der reinste Krimi", murmelt Julio.

„Schusch!" Franzi gibt ihm einen Klaps auf den Hinterkopf.

„Wie sich herausgestellt hat, war Edda, Phils Tante, beim Aufräumen in ihrem Marktstand gestürzt", fahre ich fort. „Ich kam gerade dort vorbei, bin hin und habe ihr aufgeholfen."

„War sie verletzt?", fragt Franzi.

„Ach, du darfst dazwischen quatschen, oder was?", empört sich Julio.

„Das ist ja wohl eine relevante Frage!" Die Rothaarige wirft ihrem Mitbewohner einen vernichtenden Blick zu.

„Sie war nicht verletzt", versichere ich den beiden. „Es war alles okay und dann war plötzlich Phil da." Ich schlucke bei der Erinnerung daran, wie ich seine große Gestalt zum ersten Mal gesehen habe. „Edda hat ihm dann aufgetragen, mich nach Hause zu bringen."

„Das hat er also mit *gezwungen* gemeint", geht Julio ein Licht auf.

Franzi verschränkt die Arme vor der Brust. „Die Tante ist wohl eine richtige Kupplerin, was?"

Ich gehe nicht auf die beiden Kommentare ein.

„Auf dem Heimweg haben wir uns ein wenig verlaufen ..." Das Detail, dass ich in meinem Geburtstagsblues in Tränen ausgebrochen bin, lasse ich geflissentlich aus. „Wir kamen ins Gespräch. Er war ... nett."

Hitze steigt mir ins Gesicht, als ich daran denke, wie er vor der Haustür meine Hände in seine genommen hat.

„Er hat mich eingeladen, doch mal auf einen Glühwein an seinen Stand zu kommen. Ich habe erst einmal abgelehnt, aber ..." Ich klatsche in die Hände, um anzudeuten, dass hier die Geschichte endet. „Gestern hat er mich angeschrieben und seine Einladung erneuert."

„Du hast erst einmal abgelehnt?", fragt Franzi im selben Moment, in dem Julio ruft: „Er hat dich angeschrieben?"

Ich beschließe, zuerst Julio zu antworten. „Ja, er hat mich online ausfindig gemacht und mir eine Freundschaftsanfrage geschickt. Danach haben wir kurz gechattet." Ich schlucke. „Also heute Morgen. Heute Morgen haben wir gechattet."

Einen Moment ist es ruhig am Tisch.

„Und du bist jetzt hier, weil ...?" Franzi mustert mich kritisch.

„Weil ich keine Ahnung mehr habe, wie das geht!", jammere ich.

„Was?", fragt Julios Mitbewohnerin verständnislos.

„Dating", gestehe ich und sacke ein wenig in meinem Sitz zusammen. „Es ist ... lange her."

„Wirklich lange", bekräftigt Julio.

„Wie lange?" Franzi nimmt einen Schluck Kaffee und schaut wachsam zwischen mir und ihrem Mitbewohner hin und her.

Ich räuspere mich. „Sooo ... knapp ... zwei ... Jahre ...?"

Die Rothaarige hustet so heftig, dass ihre Locken auf ihren Schultern hüpfen. Ich brauche einen Moment, um zu realisieren, dass sie sich wohl an ihrem Kaffee verschluckt hat. Julio klopft ihr auf den Rücken.

„Okay", röchelt sie nach einer Weile, „aber du möchtest gern daten? Also du bist grundsätzlich interessiert an einer Beziehung?"

„Ja. Ja, absolut." Erst in diesem Moment wird mir klar, dass ich in den letzten Jahren vielleicht tatsächlich nicht bereit für etwas Neues war.

Aber jetzt …

Jetzt wo mir Phil begegnet ist …

„Ich würde gern sehen, wohin das führt", gestehe ich errötend.

Julio schneidet den Apfelkuchen, der schon die ganze Zeit zwischen uns steht, lächelnd an.

„Das würde ich auch gern sehen", sagt er und serviert mir ein Stück.

9 – Ein kleiner Kreis

„Du musst unbedingt etwas mit deinen Haaren machen", rät mir Franzi, als wir uns durch zwei Drittel des Kuchens gefuttert und eine ganze Kanne Kaffee geleert haben.

„Mein letzter Friseurbesuch ist wirklich schon ein Weilchen her", murmele ich und versuche, mich zu erinnern, wann mir zuletzt ein Profi die Haare geschnitten hat.

Julios Mitbewohnerin schüttelt den Kopf. „Das meine ich nicht. Du hast schönes Haar …" Sie zwirbelt sich eine ihrer eigenen Strähnen um den Finger. „Ich meine … Spiel damit, wenn du mit ihm redest."

Ich reiße die Augen auf. „Wirklich?" Ich schaue unsicher zu Julio. „Ist das nicht albern?"

„Körpersprache ist alles, Luzi", sagt er und pflückt die letzten Kuchenkrümel von seinem Teller.

„Okay … Und mit meinen Haaren zu spielen, sagt was aus?", frage ich zweifelnd.

„Damit sagst du: Come and get it!", schnurrt Franzi und fährt sich lasziv durch ihre Mähne.

„Was?" Ich pruste los. „Ich bin nicht auf einen One-Night-Stand aus!"

„Tja, mag sein ..." Franzi schnippt mit den Fingern. „Aber wenn du so stocksteif dasitzt, wie hier bei uns, wird er denken, dass du gar nichts von ihm willst."

„Stocksteif?" Ich fahre mir übers Gesicht. „Wirklich so schlimm?"

„Als säßest du im Religionsunterricht und nicht bei Freunden", urteilt Julio.

Bei Freunden, wiederhole ich in Gedanken und muss unwillkürlich lächeln.

„Okay." Ich atmete tief ein und versuche, meine Schultern etwas zu lockern. „Besser?"

Franzi und Julio tauschen einen Blick aus.

„Ähm ... Hast du irgendwas verändert?", fragt mein Kollege mit zusammengekniffenen Augen.

„Ja, ich ..." Ich stöhne und raufe mir die Haare. „Meine Güte ... So wird das nie was! Ich bin viel zu nervös!"

„Das war doch gerade gar nicht schlecht", meint Franzi.

„Was?" Ich schaue sie verständnislos an.

„Na, dein kleiner Ausraster", erklärt Julio. „Lass einfach ein bisschen deine Gefühle raus." Er streckt die Hand nach mir aus und tätschelt meinen Unterarm.

„Oh nein, auf keinen Fall", sage ich entschieden.

Das letzte Mal als ich vor Phil meinen Gefühlen freien Lauf gelassen habe, habe ich geheult. Das werde ich bei unserem Date nicht wiederholen.

„Tja, Luzi ..." Julio erhebt sich seufzend vom Tisch. „So leid es mir tut, das zu sagen ... Wenn man die Liebe finden möchte, muss man andere ein bisschen an sich heranlassen."

Franzi nickt eifrig. „Verletzlichkeit, darum geht's."

„Genau! Gott, sind wir ein gutes Team!" Julio gibt seiner Mitbewohnerin ein High Five. „Wir sollten so eine Art Dating-Beratung eröffnen!"

„Grandiose Idee." Franzi verdreht die Augen. „Ich erwarte einen Business-Plan, wenn du vom Klo zurückkommst."

Julio verschwindet aus der Küche, um ins Bad zu gehen. Franzi und ich bleiben am Tisch zurück.

„Ähm ... Soll ich vielleicht eine frische Kanne Kaffee für uns aufsetzen?", biete ich an, weil mir auffällt, dass unsere beiden Tassen nur noch mäßig voll sind. Und weil ich ohne Julio nicht so recht weiß, worüber ich mit Franzi reden soll. Die beiden sind so ein eingespieltes Duo. Sie sind so direkt und cool und nie um eine Antwort verlegen.

Ganz im Gegensatz zu mir.

„Klar, mach das." Franzi schiebt die Kaffeekanne in meine Richtung. „Das Kaffeepulver ist in der zweiten Schublade von rechts. Danke dir."

Ich packe die Glaskanne beim Henkel und gehe die wenigen Schritte hinüber zur Küchenzeile. Als ich am Griff der Schublade ziehe, zucke ich jedoch plötzlich zusammen.

„Autsch", fluche ich leise.

„Alles okay?", erkundigt sich Franzi.

„Ja, es geht schon." Ich reibe mir das Handgelenk. „Das war eine zu ruckhafte Bewegung, schätze ich."

„Ah, stimmt ja, du bist da draufgefallen, nicht?" Sie umgreift die Reifen an ihrem Rollstuhl und ist einen Moment später neben mir. „Dann lass mich mal ran!"

Sie zieht die Filtermaschine an die vordere Kante der Arbeitsfläche und fasst in die Schublade. Mit flinken Bewegungen hat sie Kaffeepulver hineingelöffelt und den Wassertank befüllt.

Unvermittelt fallen mir Farbkleckse an ihren Fingern auf. „Bist du Malerin?", spreche ich meinen ersten Gedanken aus.

Franzi schaut zu mir hoch. Zu meinem Erstaunen wirkt sie ein wenig verlegen.

„Es ist nur ein Hobby", sagt sie mit einem schüchternen Lächeln und schaltet die Kaffeemaschine ein.

„Moment!" Jetzt fällt es mir wie Schuppen von den Augen. „Die Gemälde im Flur, die sind von dir?"

Sie nickt und kratzt sich am Kinn. „Ja."

„Wow!", staune ich. „Die sehen toll aus. Als sollten sie in einem Museum hängen."

„Danke." Sie kehrt zum Tisch zurück. „Ich mag sie auch ganz gern. Und Malen ist unheimlich wichtig für mich, seit ..." Sie stockt. „Seit ich mit dem Studium begonnen habe."

Ich sehe sie an. Franzis kleines Lächeln ist noch da, aber es hat einen bittersüßen Zug bekommen.

„Es ist ein Ausgleich zum vielen Lernen, verstehst du?", fährt sie fort. „Ein kreatives Ventil."

Ich lächle. „Das kann ich tatsächlich sehr gut nachfühlen. Es ist anstrengend immer nur zu leisten."

Wir sehen uns an und einen Moment ist es ganz ruhig zwischen uns. Als könnten wir das Päckchen, dass die andere trägt, kurz sehen. Als würde das, was jede für sich zu schleppen hat, für einen Augenblick ein klein wenig leichter werden.

Dann hält sie grinsend ihre Finger hoch. „Weißt du, die Farben ... Manchmal sind sie einfach überall. Das ist der eigentliche Grund, warum ich mit Julio zusammengezogen bin." Sie lächelt verschwörerisch. „Als Putzmann kriegt er ja quasi jeden Fleck weg!"

Sie lacht laut auf und ich stimme mit ein.

„Wow, ihr amüsiert euch ja prächtig!" Julio lehnt in der Küchentür und schaut zu uns rüber. „Habt ihr schon Blutsbrüderschaft geschlossen?"

„Wenn dann Blutsschwesternschaft!" Franzi zwinkert mir zu. Dann bedenkt sie Julio mit einem strengen Blick. „Aber das geht dich gar nichts an! Mach dich lieber nützlich und schenke Kaffee aus, anstatt anderer Leute Gespräche zu belauschen!"

„Pfff!" Mein Kollege tritt schmunzelnd neben mich an die Küchenzeile. „Sie kann es nur nicht leiden, wenn jemand ihre softe Seite hervorkitzelt."

„Hallo? Ich kann dich hören!", schimpft Franzi vom Tisch aus.

„Iss noch ein Stück Kuchen, du Giftzwerg!", zieht Julio sie weiter auf.

Franzi bläht die Wangen auf, was sie wirklich furchtbar niedlich aussehen lässt. „Ich bin älter und klüger als du, Julio!", empört sie sich.

Der zuckt nur mit den Schultern und hebt die Glaskanne aus der Maschine. „Da hat sie ausnahmsweise mal recht!", flüstert er mir zu, während er die erste Tasse einschenkt. „Aber das behältst du schön für dich."

Ich lache herzhaft.

„Was ist daran denn jetzt so lustig?", tobt Franzi hinter uns.

Julio stellt die Kanne zurück. Mit zwei langen Schritten ist er bei ihr und nimmt seine Mitbewohnerin in den Schwitzkasten. „Sei nicht so neugierig, Rotkäppchen!" Er zerzaust ihre Kupferlocken.

Franzi kreischt und kichert gleichzeitig.

Ich nehme meine Tasse, fülle sie mit frischem Kaffee und denke mir, dass ich schon lange nicht mehr so viel Herzlichkeit erlebt habe.

Julio und Franzi sind mehr als eine Wohngemeinschaft, sie sind wie eine Familie. Laut, lebendig und wundervoll.

Etwas später stehen wir wieder zu dritt im Wohnungsflur. Bevor ich den Heimweg antrete, versuche ich, meine Dankbarkeit in Worte zu fassen.

„Es war wirklich schön ...", fange ich an und werde natürlich von Julio unterbrochen.

„... von uns Dating-Nachhilfe zu bekommen?", fragt er grinsend.

Tatsächlich hatten wir nur noch wenig über meine bevorstehende Verabredung mit Phil gesprochen. Stattdessen hatte ich viele alte Anekdoten von Franzi und Julio gehört, die wohl schon seit ihrer Kindheit beste Freunde sind.

„Du kriegst das schon hin. Mit Phil, meine ich." Franzi tätschelt mir aufmunternd den rechten Arm.

„Danke dir." Mit Blick auf Julio füge ich hinzu: „Euch." Etwas verlegen streiche ich mir eine Haarsträhne hinters Ohr. „Aber eigentlich wollte ich sagen, dass es schön war ... ähm, schön ist, dass ihr mich so ..." Ich verdrehe die Augen, denn das, was ich jetzt sage, klingt schon in meinem Kopf schnulzig. „Dass ihr mich in euren kleinen Kreis aufgenommen habt."

„Ach, Luzi." Julio fasst sich ergriffen an die Brust. „Du rührst einen ja fast zu Tränen."

„Aufnahmeantrag stattgegeben", sagt Franzi mit fester Stimme und zwinkert mir zu.

„Okay ... Danke?" Ich bin mir nicht sicher, ob ich ihre Aussage richtig verstehe.

„Das ist ihre Art zu sagen, dass sie dich mag", stellt Julio klar. „Frau Anwältin schmeißt gern mal mit ihrer Juristen-Lingo um sich."

„Du bist Anwältin?", staune ich.

„Noch bin ich im Referendariat. Hier in Fichtingen, in einer kleinen Kanzlei."

Sie ist stolz darauf, das kann ich ihr ansehen. „Aber lange dauert es nicht mehr, bis ich meine eigenen Fälle händeln darf."

„Wow!", sage ich. „Cool!"

Es passt so gut zu Franzi. Tough und wortgewandt wie sie ist, kann ich mir lebhaft vorstellen, wie sie vor Gericht debattiert.

„Ja, das mit dem Jura-Studium ist ganz toll ... Wenn man nicht gerade mit ihr über den Putzplan verhandeln muss ..." Julio wirft Franzi einen vielsagenden Blick zu und verdreht dann die Augen. „Aber ... Jetzt lass dich mal drücken, Mädchen." Er schließt mich fest in seine Arme. „Rutsch bloß nicht wieder irgendwo aus, wenn du gleich nach Hause gehst!"

„Ich bin vorsichtig", versichere ich ihm.

„Nimm vielleicht lieber den Bus", schlägt Franzi vor und macht eine Gruppenumarmung daraus. „Nur zur Sicherheit."

Ich nicke. „Das werde ich machen."

Wir lösen uns voneinander und ich zwänge mich in meinen Parka. Hier drin erscheint mir die Jacke viel zu schwer und zu dick.

„Habt noch einen schönen Abend", wünsche ich den beiden.

„Hab ein schönes Date morgen!" Julio lässt seine Augenbrauen suggestiv tanzen.

„Vergiss nicht die Sache mit den Haaren!", stimmt Franzi mit ein.

Ich trete schmunzelnd in den Flur und ziehe – nach einem letzten Winken – die Wohnungstür hinter mir zu. Bevor ich die Rampe zum Hauseingang hinuntergehe, bleibe ich einen kurzen Moment auf Franzis und Julios Fußabstreifer stehen.

„Welcome Home", steht auf dem Teppich und ich bekomme das warme Gefühl, gerade wirklich eine Art Zuhause gefunden zu haben.

10 – Katzenhaare auf Pullovern

Ich kann nicht sagen, ob die Wohnung der Janssens, die ich immer am Donnerstag putze, heute chaotischer oder ordentlicher war als sonst. Wie in Trance habe ich abgestaubt, gesaugt und gewischt. Ich habe nicht einmal mein verstauchtes Gelenk gespürt. Die ganze Zeit war ich in Gedanken schon bei meinem Date mit Phil.

Heute Abend werde ich ihn treffen.

Bei der Vorstellung, dass er mich aus diesen grünen Augen ansehen und vielleicht wieder meine Hand in seine nehmen wird, beginnt meine Haut zu kribbeln.

Aber bis es so weit ist, muss ich eine Entscheidung treffen. Von der modischen Art.

Was ziehe ich an?

Ich habe meine Kommode ausgeweidet. Mit weit geöffneten, leeren Schubfächern steht sie an ihrem Platz mitten im Raum. Ganz so, als wäre sie angesichts des Bergs bunter Stoffe auf meinem Bett genauso erstaunt und ratlos wie ich.

Alles, was ich bisher geschafft habe, ist, Mikesch davon abzuhalten, sich in meiner Kleiderburg häuslich einzurichten.

Außerdem habe ich einen Haufen aus Kleidungsstücken gebildet, die definitiv nicht wintertauglich sind und entsprechend nicht infrage kommen.

Shorts und Bikini sind also raus. Auch das schulterfreie Kleid mit Zitronen-Print habe ich mal beiseitegelegt.

Alles andere ist noch im Spiel.

Ich hebe gerade eine zerknitterte Bluse hoch, als mein Telefon klingelt. Als wäre ein Blitz durch mich hindurchgefahren, stolpere ich zum Esstisch. Mein Herz macht einen Satz bei dem Gedanken, Phils Namen auf dem Display zu sehen. Doch dann fällt mir ein, dass er ja noch gar nicht meine Nummer hat und mich wohl kaum anrufen wird.

Als ich mich auf die Tischplatte stützte, stelle ich enttäuscht fest, dass meine Vermutung kaum weiter von der Wahrheit entfernt sein könnte. Laut schrillend verlangt die letzte Person nach mir, von der ich heute hören möchte:

Gesche Klamm.

Meine Mutter.

Ich hebe nicht ab. Stattdessen stelle ich mein Smartphone auf lautlos und schleiche zurück zum Bett.

Nicht heute.

Nicht jetzt.

Gespräche mit meiner Mutter sind nervenaufreibend. Egal wie nett sie beginnen, am Ende geht es immer um meinen *unvernünftigen Lebenswandel*. Auch nach anderthalb Jahren hat sie sich noch nicht damit arrangiert, dass ich putze, anstatt mich weiter für große Medienunternehmen oder zumindest eine schicke Werbeagentur abzurackern.

Meine mangelnden Ambitionen in puncto Karriere sind für sie sowas wie eine persönliche Beleidigung. Sie selbst liebt nämlich ihren Beruf als Pharmareferentin.

Sie lebt dafür.

Unsere letzte Unterhaltung ist schon eine Weile her, aber ihre Vorwürfe sind noch allzu präsent.

„Du wirfst deine Zukunft weg!"

„Wozu hast du Abi gemacht und studiert?"

„Warum gibst du so schnell auf?"

„Was glaubst du, wo dich das hinführt?"

„Du weißt doch gar nicht, was gut für dich ist!"

Ich schüttele mich, in der Hoffnung, damit auch ihre nagende Stimme aus meinem Kopf zu vertreiben.

„Denk an etwas Schönes. Denk an dein Date", wispere ich mir selbst zu.

Wieder greife ich nach der Bluse. Sie wäre ein schönes Teil, wenn ich ein Bügeleisen besitzen würde. Aber ich habe keins. Und auch wenn ich eines hätte, würde ich vermutlich nicht bügeln. Kurzerhand eröffne ich einen weiteren Haufen in der rechten Ecke meiner Matratze für Klamotten-die-ich-ausmiste-wenn-ich-schon-mal-dabei-bin.

Als Nächstes fällt mir ein überlanger Pullover in die Hände. Er hat ein Zopfstrickmuster, ist kobaltblau und ein wenig ausgeleiert, weil ich ihn im letzten Winter zu jedem erdenklichen Anlass angezogen habe. Aber mit Stiefeln, schwarzen Leggins und einem Taillengürtel könnte ich ihn in Form bringen, sodass er als legeres Kleid durchgeht.

Ich tauche bis zu den Ellenbogen in den Kleiderstapel ein. Nur ein wenig Wühlen und ich halte die Gürtelschnalle des Accessoires, das ich vorhin unter dem ganzen Kram begraben habe, in den Händen. Auch die Leggins sind schnell gefunden.

Ich trage alles hinüber zum Badezimmer und checke im Gehen die Uhrzeit: Es ist halb fünf. Unglaublich, ich brüte schon den ganzen Nachmittag über der Kleiderfrage!

Nach meinem Putzjob hatte ich schnell geduscht und einen Bademantel übergezogen. Jetzt werfe ich das flauschige Teil über den Badewannenrand und schlüpfe in mein gerade zusammengestelltes Outfit.

Vor dem langen Spiegel an der Innenseite meiner Badezimmertür betrachte ich mich von oben bis unten. Ich mag, wie das tiefe Blau des Stricks meine graublauen Augen betont. Das Braun meiner Haare wirkt im Vergleich ein wenig blass, aber ich lasse es dennoch offen über die Schultern fallen. Franzis Rat, im Zweifelsfall mit meinen Strähnen zu spielen, klingt für mich zwar immer noch ein wenig schräg, aber ich will mir die Option offenhalten.

Auf meine Eloquenz kann ich mich in Dating-Situationen nicht verlassen.

Den Taillengürtel muss ich etwas weiter tragen als noch im letzten Jahr, aber ich bin zufrieden mit der Form, die dieses Detail meiner Silhouette gibt. Die Leggins sind noch recht neu und sitzen gut. Ich glaube zwar nicht, dass ich meine Stiefel ausziehen werde, aber sicherheitshalber tausche ich die Kuschelsocken mit pinkem Leoprint gegen ein Paar erwachsene, schwarze Strümpfe.

Probeweise hole ich meinen grauen Parka und den senfgelben Schal und werfe sie über. Mikesch folgt neugierig meinen Schritten und quetscht sich hinter mir ins Bad.

Als ich fertig angezogen meine Reflexion betrachte, schenke ich meinem Kater und mir selbst ein kleines Lächeln.

„Ist doch ein guter Look für ein Date auf dem Weihnachtsmarkt, oder?", frage ich den kleinen Banditen und gehe in die Hocke.

Mikesch klettert auf meinen Schoß und schmiegt sich an meinen Bauch.

„Richtig", seufze ich, während sich mein Haustier genüsslich gegen das Strickmuster drückt. „Ein paar weiße Katzenhaare haben noch gefehlt."

Zäh wie Gummi fühlt sich die Zeit bis neun Uhr an. Ich sortiere noch ein paar Kleider aus, räume den Rest fein säuberlich in die Kommode zurück, füttere Mikesch und esse selbst eine Kleinigkeit. Dann spüle ich Geschirr ab, gieße ausnahmsweise mal meine Zimmerpflanzen und bringe den Müll raus – aber noch immer ist es nicht an der Zeit, aufzubrechen.

Gerade einmal zehn vor acht.

Angespannt starre ich auf die digitale Zeitanzeige an meinem Küchenradio und versuche, die Ziffern Kraft meines Willens zum schnelleren Wechsel zu zwingen.

Natürlich tut sich nichts.

Soll ich vielleicht einfach früher zum Markt gehen?

Immerhin gibt es dort ja noch mehr zu sehen als Phils Glühweinstand. Ich könnte mir die Zeit vertreiben, mich einfach ein wenig umschauen ...

Kaum habe ich den Gedanken zu Ende gedacht, bin ich auch schon an der Wohnungstür und ziehe mir die Stiefel an. Ich schlüpfe wieder in meine Winterjacke und trage vor dem kleinen Spiegel oben auf dem Schuhschrank noch schnell etwas Lipgloss auf.

Mikesch streift um meine Knöchel.

„Tut mir leid, kleiner Bandit, du kannst nicht mit." Ich kraule den Kater hinter den Ohren, ehe ich mir Schal und Handtasche vom Garderobenhaken greife. „Und in den Flur oder auf Frau Schmitt-Halders Balkon schleichst du dich auch nicht. Verstanden?"

Aus halb geschlossenen Augen schaut mich mein Stubentiger an. Er schnurrt laut und zustimmend.

Zumindest hoffe ich, dass er mich verstanden hat und meine Anweisungen respektiert.

Als kleines Ablenkungsmanöver greife ich mir die klimpernde Plüschmaus, die Mikesch als Jagdtrophäe in mein einziges Paar Pumps gelegt hat. Sobald sein Blick wach auf dem Katzenspielzeug ruht, werfe ich es in den Raum hinein. Er stürzt hinterher und ich schlüpfe schnell zur Tür hinaus.

Meine Stiefelabsätze klappern auf den Holzstufen, als ich die Treppe hinuntergehe. Auf dem Absatz vor Frau Schmitt-Halders Wohnung halte ich kurz inne. Stilvoller Jazz und helles Lachen dringt durch die Tür auf den Gang. Wenn da mal nicht ein gewisser Arzt zu Besuch ist! Dabei habe ich die wertvollen Pralinés noch gar nicht überbracht ...

Ich lächele in mich hinein und laufe weiter.

Draußen bläst mir ein eisiger Wind winzige Tröpfchen entgegen. Ich wickele den gelben Schal enger um meinen Hals und schaue hoch zum bereits tiefschwarzen Himmel. Kein Stern ist durch die dicke Wolkendecke auszumachen. Ich atme tief ein. Seit Tagen war der Geruch nach Winter nicht mehr so stark.

Ob heute Abend wohl Schnee fällt?

Die weißen Flocken sind für mich das Allerschönste. Da verzeihe ich sogar den Schneematsch, der in jede Wohnung und vor allem in jeden Bus, den ich putze, getragen wird. Nichts ist so magisch, wie wenn die Welt von einer dicken weißen Decke aus gefrorenem Wasser überzogen wird.

Ich spaziere den Gehweg hinunter, immer darauf bedacht, nicht in eine der vielen Lücken im Pflaster zu treten.

So schön ich das Winterwetter finde, war es doch schmerzhaft genug, dieses eine Mal auszurutschen.

Am Ende der Straße beginnt die kunstvolle Weihnachtsbeleuchtung der Stadt. Silhouetten von Engeln und hell strahlende Sterne weisen den Weg zum Marktplatz. Ich hatte in den letzten Wochen noch keine Gelegenheit, den Glanz der Lichter zu bewundern. Immer bin ich von oder zur Arbeit darunter hindurchgehastet. Erst jetzt nehme ich wahr, wie anders die Straßen in ihrem Festtagskleid aussehen. Die Wege wirken heller und einladender, goldgelbe Glühbirnen spiegeln sich in den Fenstern entlang des Bordsteins. Selbst die kleinen Pfützen, die sich hier und da zwischen den Pflastersteinen bilden, glitzern irgendwie mystisch.

Die ersten Klänge der Weihnachtsmusik dringen leise zu mir durch und Menschen mit prall gefüllten Einkaufstüten kommen mir aus Richtung des Marktplatzes entgegen. Quengelnde Kinder hängen an den Armen ihrer Eltern und fragen lautstark, wie lange es noch dauert, bis endlich das Christ-kind kommt.

Ich lache in mich hinein und versenke die Hände in den Jackentaschen. Meine kalten Finger sehnen sich geradezu nach Phils warmen Händen – oder zumindest einem Becher heißen Punsch, an dem sie sich festhalten können.

Bei dem Gedanken, dass ich heute Abend beides bekommen könnte, sprudelt die Aufregung in mir beinahe über. Ich kann mich nicht erinnern, wann ich zuletzt solche Vorfreude empfunden habe.

Beinahe hätte ich vergessen, wie sich das anfühlt.

11 – Schmuck und Schnee

Der Marktplatz ist an diesem Abend ein buntes Treiben. Grüppchenweise stehen die Menschen beieinander, prosten sich mit Tassen zu, aus denen es verheißungsvoll dampft. Die Stände, an denen es Getränke und Essen gibt, wechseln sich mit Kunsthandwerk ab.

Ich stoppe an einer Bude, die detailverliebte Schnitzereien anbietet. Engel, Wichtel, Weihnachtsmänner, Krippenfiguren ... Dutzende, pausbäckige Holzgesichter schauen zu mir auf, als ich meinen Blick über die Auslage schweifen lasse. Bei einem roten Glöckchen, auf dem ein bärtiger Weihnachtszwerg hockt, bleibe ich hängen.

Ob ich Mikesch sowas an den Kratzbaum hängen sollte?

Bei der Vorstellung, wie er das Ornament attackiert, muss ich schmunzeln. Vermutlich würde mein kleiner Bandit es innerhalb kürzester Zeit komplett auseinandernehmen.

Als Nächstes entdecke ich einen Christbaumanhänger, der wie ein Stück Kuchen geformt und lackiert ist. Sofort muss ich an den Nachmittag bei Julio und Franzi denken. Im Korb daneben liegen sogar winzige, geschnitzte Kaffeetassen, die mit einer goldenen Kordel versehen sind.

„Entschuldigung", spreche ich den Verkäufer an. „Diese beiden Anhänger ..." Ich deute auf die Tasse und das Kuchenstück. „Wie viel kosten die?"

Der Herr rückt seine Brille zurecht und lächelt mich an. „Sechs Euro das Stück", erklärt er. „Aber wenn Sie sich noch ein drittes Ornament aussuchen, gibt's alle drei für fünfzehn."

„Oh!" Ich mache große Augen und springe mit suchendem Blick von Korb zu Korb.

Immer kuriosere Dekoartikel fallen mir auf. Anhänger in Form einer Essiggurke oder eines Hotdogs ergänzen die traditionellen Weihnachtsmotive. Eine kleine, glitzernde Wassermelone fällt mir ins Auge.

Sah so nicht auch die Kühlkompresse aus, die Frau Schmitt-Halder mir für meine verletzte Hand gegeben hat?

„Die nehme ich noch!", entscheide ich spontan.

„Wie Sie wünschen." Der Verkäufer grinst in sich hinein, als er meine ungewöhnliche Auswahl an Weihnachts-schmuck in einen kleinen Karton packt.

Ich krame nach meinem Geldbeutel. Und erschrecke, als ich feststelle, dass er nicht wie erwartet am Boden meiner Handtasche liegt.

Das darf doch jetzt nicht wahr sein!

Hektisch durchwühle ich den Inhalt meiner Schulter-tasche. Ich ertaste mein Handy, eine Packung Taschen-tücher, meine Schlüssel, Lipgloss ...

Habe ich mein Portemonnaie gar nicht eingesteckt?

Oh Mann, ist das peinlich! Ich hätte zu Hause nochmal nachsehen sollen, ob ich wirklich alles dabei habe.

Ich weiche dem wartenden Blick des Verkäufers aus und klopfe gerade meinen Parka ab, als ich spüre, dass jemand näher an mich herantritt.

„Hey, alles in Ordnung?", sagt eine Stimme, die mir ein wohliges Schaudern über den Rücken jagt.

Ich wirbele herum. „Phil!" Augenblicklich schießt mir die Röte ins Gesicht. „H-Hallo!"

„Hi! Dachte mir doch, dass ich dich in der Menge gesehen habe." Ein kleines Grinsen schleicht sich auf sein Gesicht. Das Grün seiner Augen reflektiert den Schein des hell erleuchteten Verkaufsstandes. „Ich habe mich ein wenig früher in den Feierabend geschickt." Er zwinkert. Dann wandert sein Blick flackernd über mich. „Was ist los? Du wirkst irgendwie ... zerstreut", stellt er fest.

„Ich ..." Ich senke meine Stimme, weil ich nicht möchte, dass mich der Verkäufer hört. „Ich kann meinen Geldbeutel nicht finden", gestehe ich.

Phil zieht die Augenbrauen zusammen. „Hast du ihn vergessen?" Er sieht sich um. „Oder wurde er dir geklaut?"

Ich erschrecke. An einen Diebstahl hatte ich noch gar nicht gedacht!

„Oh weh ...", murmele ich.

Das hat mir noch gefehlt!

Der Mann am Stand räuspert sich. „Phil", sagt er, als würde er mein Date kennen. „Eine Freundin von dir?"

Phil wendet sich dem Verkäufer zu. „Ja", sagt er ohne Umschweife. „Was ist sie dir schuldig?"

„Fünfzehn", sagt der Herr schulterzuckend. „Aber weil du's bist, sagen wir zehn."

Ohne zu zögern, zieht Phil einen Zehner aus seiner Hosentasche und übergibt ihn an den Mann. Einen Augenblick später halte ich die Box mit den Anhängern in den Händen.

„Danke schön." Ich umklammere den Karton. „Das kriegst du auf jeden Fall wieder!", versichere ich Phil sofort.

Er schüttelt den Kopf und ein paar kurze, blonde Strähnen fallen ihm in die Stirn. „Vergiss es, das ist doch eine Kleinigkeit."

„Nein", sage ich entschieden. „Ich bestehe darauf!"

„Phil!" Der Mann hinterm Tresen hat unsere Unterhaltung anscheinend gehört und sagt mit verschwörerischer Stimme: „Lass dir dafür doch ein Küsschen unter dem Mistelzweig geben!" Er zwinkert ihm zu und nickt auffordernd in meine Richtung.

Ich vergrabe mich bis zur Nasenspitze in meinem Schal und beobachte zu meiner großen Überraschung, wie auch Phils Wangen rot aufglühen.

„Nein, das ist nicht mein Stil", sagt er zu dem Standbesitzer, dann wendet er sich wieder mir zu. „Du schuldest mir nichts, okay?"

Ich nicke, weil mir kein Wort über die Lippen kommen will.

„Aber wir müssen jetzt trotzdem mal herausfinden, wo dein Geldbeutel geblieben ist. Komm!" Er bietet mir die Hand an. Schnell verstaue ich meinen kleinen Einkauf in meiner Tasche, damit ich die Hände freihabe, um sie zu ergreifen.

„Ich will nur sichergehen, dass wir uns nicht verlieren", sagt er, als sich seine Finger um meine schließen. „Es ist gerade ein wenig voll hier."

Wieder nicke ich, aber ich bemerke die vielen Menschen um uns herum gar nicht.

Alles, was sich sehe, ist Phil.

Alles, was ich spüre, ist die Wärme seiner Hand.

Wir laufen zurück zu meiner Wohnung. Bevor ich in Panik verfalle, schauen wir gemeinsam nach, ob ich meine Börse nicht einfach liegengelassen habe.

„Entschuldige, ich vermassele unser Date völlig", sage ich schuldbewusst, während wir uns Schritt für Schritt vom Weihnachtsmarkt entfernen.

„Unser Date?", wiederholt Phil und grinst mich an. „Ist das ein Date?"

Mir fällt die Kinnlade herunter und ich starre zu ihm hinauf. Oh Gott.

Die Hitze der Scham steigt mir bis in die Haarwurzeln.

Hatte ich seine Einladung etwa falsch gedeutet?

Wollte er wirklich nichts weiter, als mir einen Glühwein zu spendieren?

Schnell reiße ich meinen Blick von ihm los und richte ihn auf meine Füße. Dabei versuche ich beiläufig, meine Hand aus seiner zu ziehen, doch Phil gibt meine Finger nicht frei.

„Entschuldige, das war gemein." Er drückt meine Hand ein wenig fester. „Ich bin froh, dass es für dich nicht einfach eine lockere Verabredung auf einen Glühwein ist." Bei den Worten fährt er sich mit der freien Hand in den Nacken.

Ich folge seiner Geste und beiße mir auf die Lippe. „Also ...", räuspere ich mich. „Also ist es für dich auch keine?"

„Keine ... was?" Er hebt fragend eine Augenbraue.

„Keine lockere Verabredung?", erkundige ich mich, um sicherzugehen.

Seine Smaragdaugen fixieren mich.

„Nein", sagt er schlicht, aber mit Nachdruck.

Kurz bringt mich sein Blick ein wenig aus der Fassung. Ich schlucke schwer. „Gut. Das ist gut."

Schweigend, aber im selben Rhythmus, laufen wir weiter.

Ich frage mich gerade, ob er extra kleinere Schritte macht, damit ich mit ihm mithalten kann, als er die Stille zwischen uns beiden durchbricht.

„Jetzt wo wir uns einig sind, dass wir ein Date haben ...“, beginnt er und wirft mir einen Seitenblick zu, „sollten wir dann vielleicht tun, was man bei einem Date so tut?“

„W-Was?“ Ich bleibe abrupt stehen.

Schlägt er gerade vor, was ich denke, dass er vorschlägt?

Er hält ebenfalls an und beugt sich ein Stück zu mir hinunter. Sein Gesicht ist plötzlich ganz nah an meinem. Unwillkürlich starre ich auf seinen Mund.

„Reden, meine ich.“ Sein Lächeln wird breiter. „Uns kennenlernen. Das macht man doch bei einem ersten Date, oder?“

Ich blinzele, kann meine Augen aber noch immer nicht so richtig von seinen Lippen lösen.

„Reden. Richtig“, murmele ich.

Er lacht auf. „Du bist sehr niedlich, wenn du verlegen bist.“

Mein Gesicht glüht. „Und du bist ziemlich verwirrend“, gebe ich etwas bockig zurück.

„Das ist eine meiner besseren Eigenschaften.“ Phil zwinkert und richtet sich wieder auf.

Wir gehen langsam weiter.

„Was sind denn dann deine schlechten Eigenschaften?“, frage ich herausfordernd.

Er keucht auf, als hätte ihn ein harter Schlag getroffen. „Wow. Du bist direkt!“

„Ich dachte, du willst, dass wir uns kennenlernen?“ Es ist nur ein kleiner Triumph nach meiner Blamage, aber ich koste ihn aus.

„Okay." Er überlegt kurz. „Ich ... Ich mag Weihnachten nicht."

„Was?" Ich schnaube amüsiert. „Aber du arbeitest auf dem Weihnachtsmarkt!"

„Na, eben deswegen!", gibt er zurück, muss aber selbst ein wenig lachen. „Irgendwie ist es ein Teil meines Jobs geworden diese Weihnachtsstimmung zu verbreiten. Und an manchen Tagen nervt es einfach! Die Musik, die blinkende Deko, die vielen Leute ..." Er verdreht die Augen. „Nur das Essen, das ist und bleibt lecker!"

„Okay, das kann ich nachvollziehen." Ich zucke mit den Schultern. „Wenn man mit etwas ständig im Job konfrontiert ist, wird es irgendwann anstrengend. Das verstehe ich zu gut ..." Ich denke kurz nach. „Aber, Moment mal, das ist gar keine schlechte Eigenschaft!" Forschend schaue ich ihn an. „Was verbirgst du wirklich?"

Er prustet beinahe los, als er meinen kritischen Blick bemerkt. „Nichts!"

Zweifelnd hebe ich eine Augenbraue.

„Na gut!", lenkt er ein. „Ich bin immer überpünktlich!"

Das hatte ich bemerkt. Wer streunt schon fast eine halbe Stunde vor einem Date über den Weihnachtsmarkt?

Also ... außer mir, natürlich.

„Ähm ... das ist auch keine schlechte Eigenschaft!", protestiere ich.

„Doch, wenn man mit Edda aufwächst schon!" Er wirft den Kopf zurück. „Sie ist eher ... unkonventionell, weißt du. Im besten Sinne. Zeit ist für sie eher ... ein Fluss. Manchmal paddelt man, um voranzukommen, und manchmal lässt man sich treiben."

Ich schmunzele und denke an die bunte Frau und ihren Gewürzstand. „Das passt so gut zu ihr!"

Phil räuspert sich. „Du hast bei meiner Tante einen richtigen Stein im Brett, weißt du das eigentlich?" Er streicht mit dem Daumen scheinbar beiläufig über meinen Handrücken. „Sie hat nicht aufgehört, von dir zu reden, seit du sie neulich Nacht gerettet hast."

Ich möchte einwerfen, dass das gar keine große Sache war. Lachend drehe ich meinen Kopf zu ihm. Die Worte, die ich sagen möchte, liegen mir schon auf der Zunge.

Doch dann, genau in diesem Moment, passiert es.

Wenn Zeit ein Fluss ist, dann ist der intensive Blick in seinen Augen wie ein Damm, der sie aufhält. Alles steht still und er sieht mich an, als wäre ich das Einzige, was es zu sehen gibt. Es verschlägt mir den Atem.

„Seit dieser Nacht ...", sagt er mit plötzlich rauer Stimme, „... ist es auch für mich wirklich schwer, nicht über dich zu reden oder ... ständig an dich zu denken."

Ohne dass ich es wirklich bemerkt habe, sind wir unter einer Straßenlaterne zum Stehen gekommen. Phil legt zaghaft eine Hand an meine Wange. Es ist wie ein warmer Hauch auf meiner kühlen Gesichtshaut.

„Ist das okay?", fragt er.

„Ja", bringe ich hervor und bewege meinen Kopf ein klitzekleines Stück, schmiege mich ein wenig enger in seine Berührung.

Er streicht sanft nach oben, gleitet über meine Schläfen und versinkt mit den Fingerspitzen in meinem Haaransatz.

Ich muss an Franzi und ihren Tipp in puncto Körpersprache denken. Wenn mit meinen Strähnen zu spielen „Come and get it" heißt, was bedeutet es dann, wenn er so in meine Haare greift?

Seine andere Hand hält noch immer meine fest. Er nutzt das aus, um mich ein wenig näher an sich heranzuziehen.

„Darf man das bei einem ersten Date?", will er von mir wissen. „Auch, wenn man sich noch nicht so gut kennt?"

Ich blinzele, weil mir, als ich zu ihm aufsehe, kleine weiße Flocken in die Augen rieseln.

Es schneit!

„Ich glaube schon", flüstere ich und beobachte, wie mein Atem in zarten Schwaden nach oben steigt.

Seine Umarmung wird enger und ich nehme seinen Duft wahr: Eine würzige Mischung aus Zimt und Kardamom, die mir für einen Moment die Sinne raubt.

„Darf ich denn?", fragt er. „Darf ich dich küssen?"

Mein Blut rauscht so laut durch meine Ohren, dass ich meine eigene Antwort kaum höre.

Aber Phil hört sie.

Federleicht, wie die Schneekristalle, die um uns herum zu Boden schweben, senken sich seine Lippen auf meine. Und als hätte sich ein Feuer knisternd in mir entfacht, wird mir im kühlen Licht der Laterne ganz warm.

12 – Ein ungeplanter Besuch

Ich kann nicht sagen, wie lange wir dort stehen, wie viel Zeit vergeht oder wie oft unsere Lippen sich finden.

Ich verliere mich in dem Gefühl, das seine Berührungen in mir auslösen. Seine Finger, die zunächst ganz sachte, dann etwas fester mein Haar packen. Die erst vorsichtigen und dann fordernden Bewegungen seines Mundes. Seine Wärme, die mich ganz und gar umfängt.

Ich habe die Arme um seinen Hals geschlungen und ertaste die weiche Haut unter seinem Kragen. Ich möchte ihn nie mehr loslassen, nie aufhören, diesen Mann zu küssen, der nach Zimt und Kaffee schmeckt.

Doch er löst sich von mir. Nur kurz, um mich mit glühenden Augen anzusehen.

„Luzia", raunt er und ich schwöre, mein Name hat noch nie so gut geklungen.

„Ich glaube, wir müssen einen Gang runterschalten", meint er lachend, auch wenn sein Blick etwas ganz anderes sagt. „Sonst werden wir hier eingeschneit. Oder wir bekommen eine Anzeige wegen Erregung öffentlichen Ärgernisses."

Ich muss kichern.

Es klingt albern, aber ich kann nichts dagegen tun.

Es ist, als würde sich das Glück in mir ein Ventil suchen. Und ich fürchte, ich werde zerspringen, wenn ich es nicht hinauslasse.

Phil streicht mir liebevoll etwas Schnee von der Schulter und wickelt sich eine meiner Haarsträhnen, um den Finger. Ich verspreche mir in diesem Moment, mein Haar immer offen zu tragen, wenn er dabei ist. Als er mir die Strähne sanft hinters Ohr klemmt, möchte ich schnurren.

So wie Mikesch, wenn ihn jemand krault.

Mikesch.

Meine Wohnung.

Da war ja was!

„Wir sollten zu mir gehen", sage ich und füge schnell hinzu: „Und meinen Geldbeutel finden."

Auch wenn ich mir insgeheim nichts sehnlicher wünsche, als bei mir zu Hause genau dort weiterzumachen, wo wir gerade aufgehört haben, will ich nicht so vorauspreschen.

Ich weiß nicht, ob Phil dasselbe denkt und fühlt. Seine Miene ist in diesem Augenblick unergründlich.

Er legt einen Arm um mich. „Ja, lass uns weitergehen", sagt er und setzt einen letzten Kuss auf meine Stirn.

Wie durch einen Vorhang schreiten wir durch den immer dichter fallenden Schnee. Es sollten nur noch wenige hundert Meter zu meinem Wohnhaus sein. Genau zu erkennen ist der Straßenzug vor uns aber nicht. Das Weiß lässt einen nur ein paar Schritte weit sehen.

„Ist es wirklich in Ordnung, wenn du so lange vom Weihnachtsmarkt und deinem Stand weg bist?" Die Frage drängt sich mir ganz plötzlich auf.

Kaum habe ich sie ausgesprochen, will ich mir auch schon auf die Zunge beißen.

Was, wenn er jetzt pflichtbewusst umkehrt und zurückläuft? Ich will doch, dass Phil hier bei mir bleibt!

Warum sage ich sowas nur?

„Ich habe zwei Aushilfen, die schon ein ziemlich eingespieltes Team sind", erklärt er mir. „Die schaffen auch mal einen Abend ohne mich. Ich muss nur ..." Er klingt ein wenig zerknirscht. „Ich muss um elf wieder dort sein, die Kasse holen und abschließen."

Ich nicke. Es wäre auch zu schön gewesen, wenn er die Nacht bei mir hätte verbringen können.

Moment ... *Die Nacht bei mir verbringen?*

Habe ich das gerade wirklich gedacht?

Ich schüttele den Kopf.

„Alles okay?" Phil beugt sich zu mir hinunter.

„Alles gut", japse ich und hoffe, dass ich nicht allzu leicht zu durchschauen bin.

Ich möchte das mit ihm eigentlich ganz langsam angehen, aber meine Gefühle – und wohl auch meine Hormone – wollen sich nicht im Zaum halten.

Wir erreichen die kleine Treppe, die hoch zu meinem Mietshaus führt. Als ich die erste Stufe nehmen will, hält Phil mich zurück.

„Ist es hier passiert?", fragt er mich. „Dein Sturz?"

Verwundert sehe ich ihn an. „Ähm, ja."

Das Schneegestöber drängt sich nun schon zwischen uns und ich sehe nur kurz sein schräges Grinsen aufblitzen, als es mir mit einem Mal den Boden unter den Füßen wegzieht.

„Phil!", kreische ich, als ich mich in seinen Armen wiederfinde.

Er hat mich einfach hochgehoben!

„Heute rutschst du hier nicht aus", flüstert er nah an meinem Ohr. „Nicht, wenn ich es verhindern kann."

Ich klammere mich an seinen Hals wie ein Äffchen, während er mich die Stufen hoch zur Haustüre trägt. Mein Herz hämmert wie wild. Ich bin mir seiner Hände an meinem Rücken und meinen Oberschenkeln zu sehr bewusst.

Ihre Hitze brennt sich regelrecht durch meine Kleidung.

„Lass mich lieber runter", bitte ich ihn. „Du hebst dir noch einen Bruch!"

„An dir?" Er lacht laut auf, mittlerweile sind wir an der Fußmatte unter dem Vordach angekommen. „Ich bin mir ziemlich sicher, dass meine Glühweintöpfe mehr wiegen als du."

„Trotzdem, bitte", nuschele ich in meinen Schal hinein. „Ich kann alleine gehen."

„Okay, entschuldige." Er setzt mich langsam wieder auf die Füße. „Ich wollte dich nicht überrumpeln. Tut mir leid, Luzia."

Er gibt mir ein bisschen Raum, wartet ab, ob ich die Distanz zwischen uns wieder schließe.

„Es geht schon wieder." Zaghaft mache ich einen kleinen Schritt zu ihm. „Ich habe einfach nicht damit gerechnet", sage ich noch mit einem leichten Beben in der Stimme.

Es ist nicht so, dass ich überhaupt nicht von ihm hochgehoben werden möchte. Aber ich habe mich als kleiner Mensch noch nie sonderlich wohl damit gefühlt, ohne Vorwarnung von größeren gepackt zu werden. Als wäre ich ein Spielzeug, das man sich einfach nimmt.

„Ich werde das nicht nochmal ohne deine Erlaubnis machen", sagt Phil jetzt und sieht mir tief in die Augen.

Ich lächle ihn an. „Das wäre schön. Danke."

„Wäre es auch schön, wenn ich mich nochmal mit einem Kuss dafür entschuldige?", fragt er dann.

Ich tue so, als müsste ich darüber nachdenken.

„Na gut", sage ich und Phil zieht mich an seine Lippen.

„Gott sei Dank", murmelt er, bevor er mich wieder küsst.

Als wir endlich drinnen im Haus sind und den ersten Treppenabsatz erreichen, fühlt sich mein Mund ein wenig wund vom vielen Küssen an. Trotzdem kann ich mir ein verstohlenes Lächeln nicht verkneifen.

Phil geht hinter mir und ich werfe einen Blick über die Schulter, um zu sehen, ob er denselben zufriedenen Gesichtsausdruck hat.

Zu meiner Überraschung wandern seine Augen neugierig durch den Gang. Als ob das Geländer und die altbackenen Landschaftsfotografien an den Flurwänden das Kurioseste wären, was er seit Langem gesehen hat.

„Du wohnst oben im Dach?", erkundigt er sich, als er bemerkt, dass ich ihn anstarre.

„Ja", bestätige ich. „Im vierten Stock. Man gewöhnt sich daran, die vielen Treppen zu steigen."

Er nickt. „Ich habe auch eine Dachgeschosswohnung. Zurzeit ist sie aber untervermietet, weil ich einfach nie lange in der Heimat bin", erzählt er mir seufzend. „Die meiste Zeit sind wir unterwegs."

„Wirklich?", hake ich nach, richte den Blick aber wieder nach vorne.

„Ja." Er hält einen Moment inne. „Nach dem Weihnachtsmarkt geht's zum Neujahrsmarkt, dann zum Dreikönigsmarkt, dann in irgendein Winterdorf. Im Februar ist Fasching oder Karneval oder wie auch immer man es im jeweiligen Ort eben nennt." Sein Ton klingt beinahe gelangweilt, während er mit seiner Aufzählung fortfährt. „In vielen Ecken geht es im Frühjahr schon wieder mit den Floh- und Wochenmärkten los. Außerdem ist Ostern, hier und da findet ein Frühlingsfest statt und dann kommt der Tanz in den Mai. Es gibt diesen ganzen historischen Kram: Schloss- und Burgfeste. Stadtjubiläen und die großen Volksfeste, natürlich." Er streicht im Vorbeigehen über die Sprossen des Geländers. „Foodtruck-Festivals, Straßenmusikfeste, Wein- feste, Mantelsonntage ... Und irgendwann ist wieder Weihnachten."

„Wow." Ich hatte ja keine Vorstellung davon, wie voll sein Terminkalender ist. „Und wie ist das so für dich?"

„Ich kenne es im Grunde nicht anders." Er seufzt. „Es ist das Schaustellerleben. Oder das Gastroleben ... Mein Geschäft sind ja jetzt die Getränke: Glühwein in der Wintersaison. In den wärmeren Monaten verkaufe ich Limonade, Slushies, Maibowle und Sekt. Auch mal Met, wenn das der Anlass verlangt."

Ich drehe mich so schnell herum, dass ich fast von der Stufe kippe. Phil bekommt mich gerade noch zu fassen. Ich ignoriere seinen tadelnden Blick, denn mir ist ein viel zu aufregender Gedanke gekommen.

„Moment, Met? Gehst du etwa auch zu solchen Mittelaltermärkten? In Verkleidung?", frage ich und stelle ihn mir schon in einem Ritterkostüm vor.

„Wie gesagt: Was immer der Anlass verlangt, edles Burgfräulein!" Er deutet eine Verbeugung an.

„Oh, das muss ich sehen!", kichere ich.

„Wirst du", sagt er. Dann räuspert er sich. „Ich meine, kannst du. Edda hat reichlich Fotos davon." Er fährt sich durch die Haare.

„Das lass ich mir nicht zweimal sagen! Ich muss morgen mal bei ihr vorbeischauen." Voller Vorfreude reibe ich mir die Hände. „Bist du eigentlich immer mit deiner Tante unterwegs?"

„Erst seit ein paar Jahren", antwortet er knapp.

Die Holzstufen knarzen unter unseren Schritten, als wir weitergehen. Wir sind nun schon fast bei der Wohnung von Frau Schmitt-Halder angelangt.

„Okay ..." Ich riskiere es, zu viel zu fragen. „Und davor?"

„Davor ..." Er holt tief Luft. „Davor war ich meistens mit meinen Eltern unterwegs. Sie sind Schausteller im eigentlichen Sinne. Sie haben Attraktionen: Schießbuden, Karussells, sogar ein mittelgroßes Riesenrad."

„Oh, cool", staune ich. „Ich liebe Riesenräder!"

„Wirklich?" Phil holt auf und geht nun neben mir die Stufen hinauf. „Keine Höhenangst?"

„Nein", sage ich und bin ein bisschen stolz darauf. Ich bin nicht unbedingt eine von der mutigen Sorte, aber Höhe fand ich schon immer eher spannend als beängstigend.

„Und hast du schon mal jemanden gedatet, dessen Eltern ein Riesenrad hatten?", fragt er grinsend.

„Nein." Sein selbstzufriedener Ausdruck macht mich neugierig. „Hast du damit schon viele Mädels beeindruckt?"

Er verdreht schelmisch die Augen. „Vielleicht", gibt er zu und lehnt sich zu mir. Sein Blick leuchtet voller Sehnsucht nach einem Kuss.

„Oh, ich wette, mit einem Riesenrad warst du der coolste Typ in deiner Klasse", mutmaße ich und spiele mit einer Haarsträhne.

Er rückt noch ein wenig näher an mich heran.

„Ja, doch, definitiv." Eine Flunkerei, das erkenne ich an seinem Zwinkern.

Ich beiße mir auf die Unterlippe. Keine gute Idee, so wund wie sie ist, aber Phils Blick folgt wie gebannt meiner Bewegung.

„Bestimmt hast du auch immer das größte Kuscheltier am Schießstand gewonnen", rate ich mit Unschuldsmiene weiter.

Seine Lider sind jetzt halb gesenkt, sein Mund nur noch Zentimeter von meinem entfernt.

„Du solltest meine Teddy-Sammlung sehen", raunt er.

Mein Herz klopft schon wieder gegen meine Brust, drängt mich mit seinem Hämmern, ihm nachzugeben. Aber ich will diesen Moment, diesen kleinen Flirt zwischen uns, noch auskosten.

„Und wie viele Runden schaffst du auf dem Karussell, bevor dir schwindelig wird?", frage ich ihn.

Er umfasst mein Gesicht, versenkt seinen verschleierten Blick tief in meinem. „Oh, ich bin sehr, sehr ausdauernd."

„Das will ich wohl meinen!", zerreißt eine strenge Stimme den Augenblick. „Was ist das hier für ein Zirkus?"

Abrupt reiße ich mich von Phil los und wirbele herum.

Nur wenige Stufen von uns entfernt, direkt vor meiner Wohnungstür steht das Einzige, was diesen perfekten Moment ruinieren könnte:

Meine Mutter.

13 – Worte der Warnung

„Mutter?" Ich kann es nicht fassen.

Da steht sie. Adrett und steif wie immer.

Sie trägt noch immer denselben konservativen Haarschnitt, denselben roten Lippenstift, dasselbe maßgeschneiderte Kostüm.

Seit anderthalb Jahren habe ich sie kaum gesehen, kein einziges gutes Gespräch mit ihr geführt und jetzt taucht sie hier auf. Platzt einfach mitten hinein in das Aufregendste, was mir seit langer Zeit passiert ist.

„Was tust du hier?", blaffe ich sie an.

„Dich besuchen!" Sie sagt es so, als wäre es das Normalste auf der Welt. Dabei hat sie mich noch nie hier besucht, noch nie auch nur einen Fuß in dieses Haus gesetzt, seit ich die Dachgeschosswohnung bezogen habe.

„Du hattest schließlich Geburtstag." Sie zupft ihr schickes Kostüm zurecht.

„Am Montag." Wut beginnt in mir zu brodeln. „Mein Geburtstag war am Montag. Heute ist Donnerstag."

„Ich hatte zu tun. Eine Fortbildung in Frankfurt." Mehr Erklärung glaubt Frau Pharmareferentin mir offensichtlich nicht schuldig zu sein.

„Natürlich", schnaube ich und greife in meine Tasche, um meinen Wohnungsschlüssel hervorzuziehen. „Nun ... Wie du siehst, habe ich bereits Gesellschaft. Und ich bin nur kurz zurückgekommen, um etwas zu holen. Also geh bitte von meiner Tür weg."

Meine Mutter bewegt sich keinen Millimeter. „Nein, ich möchte mit dir reden. Allein. Von Mutter zu Tochter." Sie wirft meiner Begleitung einen giftigen Blick zu.

„Das ist Phil und er geht nirgendwo hin", sage ich mit fester Stimme.

„Ist er dein Freund?" Sie schnalzt abschätzig mit der Zunge.

„Das geht dich nichts an." Ich bemühe mich, ruhig zu bleiben, aber ich merke schon, wie meine Stimme bebt und meine Finger zu zittern beginnen.

Niemand reizt mich so sehr wie meine Mutter.

„Soll das heißen, du schäkerst mit jedem beliebigen Mann so in deinem Hausflur herum?" Der Vorwurf in ihrer Stimme ist nicht zu überhören.

Und die Unterstellung auch nicht.

„Wie bitte?" Phils Stimme ist mehr ein Knurren als sonst irgendein Geräusch. Ich stelle mich demonstrativ vor ihn und lasse meine Mutter dabei keinen Moment aus den Augen.

„Ich arbeite noch immer als Putzfrau", sage ich mit fester Stimme. „Ich habe nicht die Branche gewechselt, falls das deine Frage ist."

Als sie nichts erwidert, dränge ich mich an ihr vorbei und fummele den Schlüssel ins Schloss. Mit einem Klicken entriegelt sich meine Wohnungstür. Ich öffne sie nur einen kleinen Spalt, damit Mikesch, der zweifellos direkt dahinter sitzt, nicht ins Treppenhaus entwischt.

„Komm mit rein, Phil", fordere ich mein Date auf.

Doch er steht wie versteinert da. Sein bis eben noch so weicher und verspielter Ausdruck, ist einem harten Zug gewichen. Er starrt meine Mutter finster an.

Obwohl Phil sie um mehrere Köpfe überragt, erwidert meine Mutter seinen Blick völlig unerschrocken.

„Du musst ihn nochmal rufen. Er ist wohl keiner von der hellen Sorte", sagt sie belustigt.

„Das reicht!" Mit einem Ruck ziehe ich die Tür wieder zu. „Verschwinde, Mutter. Das hier ..." Ich male einen Kreis zwischen mir, meiner Wohnungstür und Phil. „Das ist mein Leben. Du kannst hier nicht einfach aufkreuzen und alles mit deiner Verachtung strafen."

Sie verdreht die Augen. „Das ..." Sie ahmt meine Bewegung nach. „Das ist kein Leben. Das ist eine *Quarterlife Crisis*. Du wirfst dein Leben und alles, wofür wir so hart gearbeitet haben, weg."

„Hör auf!" Heiße Tränen schießen mir in die Augen. „Hör auf damit! *Alles, wofür wir so hart gearbeitet haben?* Warum romantisierst du das, was mich so ausgebrannt hat? Und warum musst du alles, was du nicht verstehst, herabwürdigen?"

„Ich verstehe ganz genau." Sie verschränkt die Arme vor der Brust. „Und ich zeige dir nur auf, in was für eine Sackgasse du dich manövriert hast."

Ich stampfe mit dem Fuß auf. „Ich bin zufrieden. Es geht mir gut. Mein Leben ist keine Sackgasse!"

„Ach ja, wohin führt es dich denn gerade?", hakt sie nach. „Gibt es irgendwelche Aufstiegschancen in der *Raumpflege*? Oder hoffst du, dass du mit deinem Schausteller-Prinzen hier auf Tour gehen kannst?"

Sie hatte also alles belauscht.

Die ganze Unterhaltung zwischen Phil und mir.

111

Die Dinge, die er mir über sein Leben erzählt hat. Unser verliebtes Geplänkel. Alles.

Sie hätte mich genauso gut ins Gesicht schlagen können.

„Geh!", zische ich. „Sofort!"

„Du schickst mich nicht davon!" Meine Mutter stemmt die Arme in die Seiten. „Du schickst nicht deine Mutter davon, um mit diesem abgehalfterten Kerl hier die Nacht zu verbringen."

„Ich hatte *überhaupt gar nicht* vor, mit ihm die Nacht zu verbringen!", platzt es aus mir heraus, bevor ich es verhindern kann.

Phils Augen fliegen zu mir. Und mit einem Mal sehe ich genau, was sich dahinter abspielt. Als würde die Flamme, die dort gerade erst entfacht wurde, enttäuscht erlöschen.

„Phil, ich ..." Ich mache einen Schritt auf ihn zu. „Ich meine damit nur ..."

„Bitte erklär's mir nicht." Er hebt abwehrend die Hand. „Bitte, ich ... Ich denke, ich habe genug gehört. Ihr habt hier was zu klären. Und ich muss sowieso zurück auf den Markt." Er dreht sich um und geht ohne ein weiteres Wort, ohne einen weiteren Blick zu mir, die Stufen hinunter.

„Phil!" Ich stürze zum Treppengeländer und schaue ihm hinterher. Die Tränen kann ich jetzt nicht mehr zurückhalten. „Warte! Bitte!"

Es kommt keine Antwort. Ich höre nur seine schneller werdenden Schritte über das Holz poltern. Als würde er vor mir davonrennen.

„Wenn er sich so leicht verschrecken lässt, bist du ohne ihn besser dran." Die kühle Hand meiner Mutter ruht plötzlich auf meiner Schulter.

Ich brauche einen Moment, um mich zu fassen, dann schlage ich sie weg.

„Nein!", widerspreche ich und straffe meinen Körper. „Ich bin *ohne dich* besser dran!" Ich schnappe mir meine Handtasche, die mir von der Schulter gerutscht ist. „Lass mich endlich in Frieden, Mutter!" Schniefend baue ich mich zu meiner vollen Größe auf. „Lass mich mein Leben leben!"

Sie schaut mich aus zusammengekniffenen Augen an. „Das kannst du nicht ernst meinen!"

„Und ob!" Ich halte ihrem prüfenden Blick stand.

Mir war noch nie etwas so ernst.

„Tsss", macht sie. „Du bist jung und leichtsinnig. Du begehst einen gewaltigen Fehler!"

„Ich bin jetzt 25. Und vielleicht ist es an der Zeit, dass ich meine *eigenen* Fehler mache", sage ich so fest, wie es mir in dieser Situation gelingt.

Wir schauen uns an, liefern uns mit Blicken einen Schlagabtausch.

„Wie du willst." Meine Mutter streicht einen unsichtbaren Fussel von der Schulter ihres Blazers. „Eines Tages wirst du bereuen, es in deinen Zwanzigern zu nichts gebracht zu haben. Und du wirst mich anbetteln, dir wieder auf die Beine zu helfen."

„Warte besser nicht darauf", keife ich zurück.

Sie wirft ihr Haar in den Nacken und grinst listig.

„Wie hat es dein Romeo vorhin formuliert?" Sie gibt vor kurz zu überlegen. *„Ich kann sehr, sehr ausdauernd sein.* Und ich habe nicht vor, meine einzige Tochter vor die Hunde gehen zu lassen."

„Wenn du deine einzige Tochter auch nur ein kleines Bisschen kennen würdest ..." Ich balle meine Hände zu Fäusten. „Dann wüsstest du, dass ich sowieso schon immer ein Katzenmensch war!"

Ich warte nicht darauf, dass sie geht. Stattdessen drücke ich die Tür zu meiner Wohnung auf, schlüpfe hinein und schließe sie blitzschnell wieder hinter mir.

Mit pochendem Herzen lehne ich mich an das Holz und lausche auf das Geräusch ihrer Schritte. Es dauert viel zu lange, bis meine Mutter sich endlich in Bewegung setzt und ich ihre Absätze auf den Stufen höre.

Ich starre in die Dunkelheit meiner Wohnung.

Wie konnte das jetzt gerade nur alles so furchtbar schiefgehen? War ich nicht eben noch bei einem Date? Einem, das richtig gut gelaufen ist?

Ich rutsche an der Tür hinunter, lasse mich einfach auf den Boden sinken.

Mikesch stupst mich an und klettert auf meinen Schoß. Als ich meine Finger in sein seidiges Fell versenke und er zu schnurren beginnt, bricht meine Enttäuschung sich Bahn. Eine Flut von Tränen stürzt sich meine Wangen hinunter.

„Mikesch", schluchze ich, „du hast mich schon noch lieb, oder? Wenigstens du?"

Sein leises Maunzen klingt in der Dunkelheit so verloren, wie ich mich fühle.

Ich greife über meinen Kopf, taste nach dem Lichtschalter neben der Tür. Als sich der Raum erhellt und ich mir mit dem Ärmel über die Augen wische, sehe ich es:

Münzen. Scheine. Plastikkarten.

Mein Kater hat mein Portemonnaie gefunden.

Und sich daran ausgetobt.

Ich heule auf. Es ist ein seltsamer Laut, irgendwo zwischen Lachen und Verzweiflung.

„Du kleiner Bandit", wimmere ich. Halb schluchzend, halb tadelnd. „Du hast es mir also geklaut."

Ich drücke Mikesch an mich. Halte ihn fest in dem Versuch dieselbe Wärme, die vorhin noch in mir war, wieder zu spüren. Aber so flauschig er auch ist, sein kleiner Katzenkörper hat nicht denselben Effekt wie Phils Umarmung.

Ich gebe den meckernden Kater frei.

„Entschuldige", wispere ich, als er empört von meinem Schoß springt.

Ein kritischer Seitenblick, dann trottet mein weißer Stubentiger in Richtung seines Kratzbaums davon.

Ich schäle mich aus Schal und Parka, ohne vom Boden aufzustehen. Mein Blick fällt auf meine Tasche, aus der halb der Karton vom Weihnachtsmarkt blitzt.

Ich wünschte, ich könnte zurückkehren an den Stand mit dem Weihnachtsschmuck. Zu dem Moment, bevor unser Date überhaupt angefangen hatte.

Vielleicht würde ich die Ornamente einfach in der Auslage liegen lassen. Ich würde nicht bemerken, dass mein Geldbeutel fehlt und gemütlich mit Phil einen Glühwein trinken. Wir würden reden und uns irgendwann im leise fallenden Schnee küssen.

Meine Lippen beben und neue Tränen laufen mir übers Gesicht, während ich mich nach dem Abend, den ich hätte haben sollen, sehne.

Plötzlich wird mein Selbstmitleid durch ein leises Klopfen an der Tür unterbrochen.

Phil?

Ich springe auf die Füße.

Ist er zurückgekommen?

Ohne zuerst durch den Spion zu sehen, reiße ich die Tür auf. Doch dort steht nicht der Mensch, den ich erwartet oder vielmehr, erhofft hatte.

115

Stattdessen steht da meine Nachbarin, Frau Schmitt-Halder. Ihr in Locken gelegtes Haar steckt unter einer rosa Seidenhaube und sie trägt einen blauen Samt-Bademantel.

„Fräulein Klamm, herrje." Sie mustert mich mit einem besorgten Blick. „Ich habe alles mitgekriegt!"

Ohne dass ich sie dazu auffordere, tritt sie über meine Schwelle. „Haben Sie die Pralinen von neulich noch? Ansonsten habe ich hier auch etwas Stärkeres!" Sie hält eine Glasflasche mit einer bernsteinfarbenen Flüssigkeit hoch.

„Frau Schmitt-Halder ..." Meine Überraschung lässt sich kaum in Worte fassen. Ich reibe mir schniefend die Augen.

„Ach, sagen Sie Sieglinde, ist doch jetzt ohnehin schon egal." Sie macht eine wegwerfende Handbewegung und schlurft in ihren Pantoffeln zu meinem Esstisch.

„Na, los, komm schon, Mädchen!" Sie klopft auf die Tischplatte. „Der Liebeskummer trinkt sich nicht von alleine weg!"

14 – Schnäpse und Schönheit

Wir haben so viele Kurze getrunken, dass ich mich nicht daran erinnern kann, wann Frau Schmitt-Halder und ich die Pralinen gegessen haben. Doch als ich mich gegen Mittag mit pochendem Schädel aus dem Bett quäle, sehe ich die leere Schachtel auf dem Esstisch stehen.

Stöhnend massiere ich mir die Schläfen. Zum Glück habe ich Freitagvormittag keinen Job. Nur bis zum Busputzen heute Abend muss ich wieder auf die Reihe kommen.

Ich trage noch immer das Outfit, dass ich mir gestern für das Date mit Phil zusammengestellt habe. Der dicke Strickpulli klebt an mir und der Taillengürtel schnürt meinen Bauch ungut ein. Ich löse die Gürtelschnalle und ziehe das dunkelblaue Teil, das über und über mit weißen Katzenhaaren besprenkelt ist, aus.

In Hemdchen und Strumpfhosen schlurfe ich zur Küchenspüle, um mir ein Glas Wasser herauszulassen. Ich weiß schon, warum ich so selten Alkohol trinke. Der Rausch fühlt sich nie so gut an, dass er das üble Erwachen am Morgen wert wäre.

Ich durchforste die Küchenschränke nach etwas Essbarem und finde tatsächlich ein paar Instantnudeln.

Mein Magen zieht sich bei der Aussicht auf ein Frühstück knurrend zusammen.

Und er ist nicht das einzige hungrige Raubtier.

Mikesch umschmeichelt meine Unterschenkel und jault herzzerreißend. Wenn ich ihn so betrachte, wundere ich mich, dass er mich überhaupt hat ausschlafen lassen. Entweder ist er nicht halb so ausgehungert, wie er tut, oder ich war einfach völlig weggetreten.

Oh Mann ...

Der Wasserkocher gurgelt sich in Ekstase und ich stelle dem Kater eine Dose Thunfisch hin. Nachdem ich den Pappbecher mit Nudeln aufgegossen habe, sehe ich mich nach meiner Handtasche um.

Sie liegt noch immer in Nähe der Eingangstür. Die Box mit den Weihnachtsbaumanhängern steht offen daneben. Anscheinend habe ich die kleine, glitzernde Wassermelone noch gestern Nacht an Frau Schmitt-Halder, Pardon, Sieglinde verschenkt.

Es ist schon seltsam, dass ich meine mürrische Nachbarin nun beim Vornamen nennen darf. Macht uns das zu sowas wie Freundinnen? Oder kippen andere Menschen, die sich einen Hausflur teilen, auch öfter mal ein paar Gläschen miteinander?

Ein kleines, amüsiertes Schnauben entfährt mir. Auch wenn ich mir einen anderen Anlass gewünscht hätte. Auf eine Art fühlt es sich gut an, in diesem Haus nun nicht mehr ganz auf mich allein gestellt zu sein.

Ich gehe in die Hocke und ziehe mein Smartphone aus der Tasche. Das Display leuchtet auf, als ich es in die Hand nehme.

Kein Anruf.

Keine Nachricht.

Als mir einfällt, dass Phil noch immer nicht meine Nummer hat, logge mich in meinen Social-Media-Account ein. Doch auch mein Profil hält keine Neuigkeiten für mich bereit.

Er hat sich nicht gemeldet.

Er will nichts mehr von mir wissen.

Die Erkenntnis versetzt mir einen Stich, ehe eine kleine Stimme in meinem Kopf flüstert: „Was hast du erwartet? Deine Mutter hat ihn quasi wie den letzten Dreck behandelt."

Bevor der Ärger und der Schmerz wieder in mir hochkommen können, klingelt mein Handy und das breite Grinsen von Julios Kontaktbild strahlt mich an.

„Hallo?" Ich erschrecke, weil meine Begrüßung so heiser klingt.

Julio bricht am anderen Ende der Leitung in Lachen aus. „Naaa?", fragt er mit mehr Vokalen, als nötig wären. „Wie waaar dein Daaate?"

Ich tapse zur Küchenzeile, trinke einen Schluck Wasser.

„Es war eine Katastrophe", krächze ich in den Hörer.

„Oh nein, ehrlich?" Die Schnute, zu der er seinen Mund verzieht, kann ich förmlich vor mir sehen. „Was ist passiert?"

„Meine Mutter. Das ist passiert." Ich stochere mit der Gabel in meinen halbgaren Nudeln herum.

„Deine Mutter?" Das Klappern, das bis eben noch bei Julio im Hintergrund zu hören war, setzt aus. Womit auch immer er gerade noch beschäftigt war, jetzt ist er es nicht mehr. „Das musst du mir jetzt mal genauer erklären!"

Ich seufze. „Meine Mutter und ich ... wir haben kein besonders gutes Verhältnis", sage ich in der Hoffnung, dass er nicht weiter nachhakt. „Sie ist einfach vor meiner Wohnung aufgekreuzt und hat ... na ja, ihr übliches Verhalten gezeigt. Sie war grob. Zu mir und zu ihm."

„Phil ist ..." Ich schlucke. „Er ist dann gegangen. Und ich kann es ihm nicht einmal verübeln."

„Meine Güte, der Drama-Train hat diese Woche wohl bei dir Endstation, was?" Julio seufzt ins Telefon. „Wie fühlst du dich jetzt?"

„Verkatert", gestehe ich. „Meine Nachbarin hat den ganzen Mist mitbekommen und kam dann mit Schnaps vorbei."

Mein Lieblingskollege lacht lautstark auf. „Du hast Frustsaufen mit deiner Nachbarin gemacht?", fragt er. „Ist das nicht so eine ältere Dame?"

„Eine trinkfeste, ältere Dame, würde ich sagen." Ich schlürfe ein paar Nudeln aus dem Becher.

„Haha, ich fass es nicht!" Julio kriegt sich kaum wieder ein. „Und hat es geholfen?"

„Wie gesagt." Ich mampfe weiter. „Ich habe einen dicken Schädel. Und richtig Hunger."

„Ach, Mädchen ..." Sicher schüttelt Julio bei diesen Worten den Kopf. „Nur Amateure ertränken ihren Liebeskummer in Alkohol."

„Ach ja?" Ich schnaube und würze mein Instant-Mahl mit Chiliflocken nach. „Was machen denn Profis, wenn ihr Date nichts mehr von ihnen wissen will?"

„Ich sag mal so ...", wispert Julio verschwörerisch. „Wir werden mit jedem Herzschmerz hübscher."

Eine gute Stunde später sitze ich, geduscht, angezogen und mit einer Schüssel voller Weihnachtsplätzchen bei Franzi und Julio auf dem Sofa.

Auf dem leise geschalteten TV läuft der Film *Natürlich Blond*. Ein Lieblingsstreifen von Franzi, die mit einer Decke auf dem langen Ende der Couch liegt.

Sie lackiert ihre Nägel, während Julio uns aus einem grünen Pulver eine Gesichtsmaske anrührt.

„Wow, deine Mutter klingt ... knallhart", murmelt er, nachdem ich den beiden den letzten Abend detailliert geschildert habe.

„Toxisch, irgendwie", stimmt ihm Franzi zu. „War sie schon immer so zu dir?"

Ich zucke mit den Schultern. „Ich weiß es nicht. Früher habe ich vermutlich mehr ihren Erwartungen entsprochen. Die Ziele und Wünsche, die sie für mich hatte, waren irgendwie auch meine ... bis mir vor anderthalb Jahren einfach die Luft ausging." Ich halte inne, plötzlich beschämt von dem Gefühl, zu viel geteilt zu haben.

Julio legt mir eine Hand auf den Arm. „Ist okay. Danke, dass du uns das anvertraust." Er lächelt mich mitfühlend an. „Ich habe mich schon länger gefragt, was dich eigentlich dazu bewegt hat, deinen früheren Job aufzugeben. Jetzt habe ich die Antwort ... und ich kann sie gut nachempfinden."

„Ja!" Franzi holt tief Luft. „Du hättest Julios Vater erleben sollen, als er ihm eröffnet hat, dass er lieber Model als Zahnarzt werden möchte."

„Hey! Wechsel nicht das Thema! Es geht jetzt um Luzi!" Julio wirft seiner Mitbewohnerin ein Kissen und einen verärgerten Blick zu. „Außerdem haben wir unsere Differenzen beiseitegelegt."

Ich horche auf. „Dein Vater findet es jetzt gut, dass du eine Modelkarriere verfolgst?", frage ich interessiert. „Und dass du nebenbei Putzen gehst?" Ich wüsste zu gern, wie er es geschafft hat, mit seinem Elternteil übereinzukommen.

„Nein." Julio stellt die Schale mit der grünen Paste ab und beginnt einzelne Scheiben von einer Salatgurke zu schneiden. „Wir reden nur einfach nicht mehr darüber."

„Oh", mache ich und denke mir im Stillen, dass so wohl auch meine Zukunft mit meiner Mutter aussieht.

„Also ..." Franzi pustet sich auf die Nägel. „Ich will hier ja nicht in dieselbe Kerbe schlagen, aber ... Möchtest du denn wirklich immer als Putzfrau arbeiten, Luzi? Macht dir das so viel Spaß?"

Ich schüttele den Kopf. „Besonderen Spaß macht es mir nicht. Aber es stresst mich nicht so sehr wie mein früherer Job. Und das reicht mir im Moment."

Sie nickt. „Was hast du denn vorher gemacht?"

„Irgendwas mit Medien, stimmt's?", wirft Julio von der Seite ein.

Ich schmunzele. „Es ist so ein Klischee, aber ja, das trifft's. Publishing, PR, Marketing ... Ich hatte eine Stelle in einer großen Agentur. Ich dachte, es wäre ein Glücksgriff, ein Sprungbrett." Ich verdrehe die Augen. „Dabei war es total ausbeuterisch und eigentlich auch so weit weg von dem, was ich ursprünglich werden wollte ... von meinem Kindheitstraum."

„Was wolltest du denn als Kind werden?" Julio nimmt sich einen Pinsel und beginnt in aller Seelenruhe das grüne Zeug auf meinem Gesicht zu verteilen.

„Ähm ..." Ich zögere.

Zum einen, weil ich nicht weiß, ob es in Ordnung ist zu reden, während einem eine Gesichtsmaske aufgetragen wird. Zum anderen, weil es mir ein wenig peinlich ist.

Julio hebt auffordernd eine Augenbraue. „Das hier ist ein Safe Space, du kannst es ruhig erzählen."

„Ihr lacht auch nicht?", frage ich nervös und hoffe, dass meine Verlegenheit nicht durch die Beautymaske strahlt.

„Wir lachen immer", sagt Franzi trocken. „Besonders, wenn man uns bittet, nicht zu lachen."

Julio schüttelt den Kopf. „Wir werden uns nicht über dich lustig machen", sagt er mit Nachdruck. So als würde er nicht nur Franzi, sondern auch sich selbst ermahnen.

„Okay, na gut ..." Ich schließe die Augen und hole tief Luft. „Karla Kolumna."

Einen Moment herrscht Stille.

Langsam öffne ich die Augen und sehe Julios kläglichen Versuch, sich ein Lachen zu verkneifen.

„Meinst du die aus *Benjamin Blümchen*?", bricht es kichernd aus Franzi heraus. „Die *Rasende Reporterin*?"

Julio will sie mit einem warnenden Blick zurechtweisen, doch als seine Augen sich zu ihr drehen, kann auch er sich nicht mehr halten.

So viel zum Thema Nicht-Lustig-Machen.

„I-Ich fand sie cool!", stammele ich und spüre dabei, wie in mir selbst Gelächter emporsteigt. „Sie hatte eine weiße Vespa und war immer da, wenn etwas Aufregendes passiert ist!", verteidige ich mein Vorbild.

„Etwas Aufregendes?", gluckst Franzi. „In einer Kleinstadt? In der ein sprechender Elefant lebt?"

„Es gibt vieles, über das es sich lohnt, in einer Kleinstadt zu berichten!" Mir wird warm. Ich weiß nicht, ob es aus Scham oder aus Leidenschaft für meinen Kindheitstraum ist. „Es sind die kleinen Geschichten, die die Leute begeistern. Sie interessieren sich für die Dinge, die Menschen in ihrer Stadt bewegen: Die Erfolge der Sportmannschaften, die Initiativen der kleinen Unternehmen, die Fotos von den Festen, die wichtigen Entscheidungen im Rathaus, die Arbeit der Ehrenamtlichen ..."

Während ich weiterrede, werden meine Freunde plötzlich still.

Ich drehe mich zu Franzi um und sie blinzelt mich aus glasigen Augen an.

„Wow", sagt sie bewundernd. „Du hast da einen richtigen Traum. Mit Idealismus und allem Drum und Dran."

Julio nickt. „Luzi, das klingt doch super! Warum machst du das nicht?"

Ich schaue zwischen den beiden hin und her. „Ich weiß nicht ... Man kriegt heutzutage kaum noch eine Anstellung als Redakteurin. Die kleinen Lokalzeitungen und -sender, können sich fest angestellte Journalisten nicht mehr leisten. Und ich weiß nicht, ob ich gut genug bin, um es als Freiberuflerin zu schaffen."

„Gut genug?" Julio klingt empört. „Wen juckt's? Du probierst es einfach! Wenn dich das Käseblatt hier nicht will, machst du dein eigenes Ding!"

„Ein Blog!", jubelt Franzi. „Das schreit nach einem Blog! So einem mit ganz vielen rührigen Geschichten."

„Die Local Heros von Fichtingen!", stimmt Julio mit ein.

Franzi klopft mir auf die Schulter. „Das wird gut! Ich sehe es schon vor mir: Luzi, die leidenschaftliche Lokal-kolumnistin!"

Mir kommen fast die Tränen, so sehr rührt mich ihre herzliche Reaktion.

„Hey, hey, hey ..." Ohne Rücksicht auf die grüne Matsche in meinem Gesicht nimmt mich Julio in den Arm. „Nicht weinen. Wir sind hier beim Anti-Kummer-Programm!"

„Tut mir leid", wimmere ich. „Ich schätze, ich bin heute etwas nah am Wasser gebaut."

„Kein Wunder nach so einem dramatischen Abend und einer durchzechten Nacht", antwortet er verständnisvoll. „Aber, Kleines ..." Er lässt mich los und sieht mich ernst an. „Auch wenn es absolut okay und nachvollziehbar ist, dass du im Moment noch nicht bereit bist, das anzugehen ... Gib diesen schönen Traum nicht auf! Du verdienst es, eine Tätigkeit zu finden, die dich erfüllt."

Ich nicke. Er hat recht.

„Und ...", fährt Julio fort. „Phil verdient es, dass du mit ihm über das redest, was gestern Abend vorgefallen ist."

„Ja, bitte!" Franzi stöhnt und deutet auf den Fernseher. „Ich ertrage es ja schon in Filmen kaum, wenn die Verliebten jedem klärenden Gespräch aus dem Weg gehen."

Ich schlucke.

„Okay. Nach dem Putzen heute Abend gehe ich zu ihm."

15 – Ein doppeltes Nein

Es war leichter, Maritas Sticheleien während des Putzens zu ertragen, als jetzt hier zu stehen. Wie festgefroren kleben meine Stiefel am Pflaster, nur wenige Meter von Phils Stand entfernt.

Julio hat mich gedrängt, früher Feierabend zu machen, und sogar einen Teil meiner Aufgaben beim Putzen übernommen. Jetzt bin ich also hier, um halb elf. Zusammen mit einer großen Traube von Menschen, die sich die letzte Runde Glühwein nicht entgehen lassen wollen.

Phil hat mich noch nicht bemerkt. Das Licht seiner Marktbude reicht nicht bis zu dem düsteren Eck, in das ich mich verkrochen habe. Die meisten anderen Stände haben ihre Läden schon zugeklappt, die Beleuchtung in ihren Auslagen abgeschaltet und ihre Besitzer sind hinter verschlossenen Türen mit Aufräumarbeiten beschäftigt.

Ich hole tief Luft. Der Duft von Weihnachten, der sonst den ganzen Tag auf dem Marktplatz liegt, weicht gerade dem Geruch nasser Straßen. Von dem Schnee, der gestern so plötzlich und üppig gefallen ist, ist beinahe nichts liegen geblieben und die ganze Stadt wirkt dadurch entzaubert.

Als hätten wir alle nur kurz geträumt und wären dann in grauem Tauwetter wieder aufgewacht.

Meine Finger verknoten die Fransen meines Schals. Die Fummelei ist eine Ablenkung, ein Hinauszögern dessen, wozu ich hergekommen bin.

Ich will mit Phil reden.

Aber was soll ich nur sagen?

Meine Mutter hat sich schrecklich verhalten und ich habe mich von ihr mitreißen lassen, habe mich in Rage geredet.

„Ich hatte überhaupt gar nicht vor, mit ihm die Nacht zu verbringen!"

Sogar eine doppelte Verneinung hatte ich benutzt.

Natürlich hat er sich da vor den Kopf gestoßen gefühlt.

Es muss für ihn so klingen, als ob er als mein Partner nicht infrage kommt.

Aber ... Er muss doch wissen, dass ich ihn mag, oder?

Er muss es doch gespürt haben bei unseren Küssen.

Bei unserem Flirt.

Meint er etwa, ich hätte ihm da nur etwas vorgespielt?

Ich knüpfe die Enden meines Schals energischer.

Er kann doch nicht wirklich glauben, dass ich mein Interesse nur geheuchelt hätte? Was denkt der denn von mir?

„Da führt wohl jemand eine Unterhaltung in seinem Kopf." Die liebevolle, rauchige Stimme reißt mich aus meiner Grübelei. Edda läuft auf mich zu. „Oder probieren Sie sich an Makramee?" Sie deutet belustigt auf den Klumpen, den ich am Ende meines Schals fabriziert habe.

„Ich ..." Ich weiß nicht, was ich sagen soll. Für ein Gespräch mit Phils Tante bin ich genauso wenig bereit wie für eine Aussprache mit ihm.

„Guten Abend", nuschele ich deshalb nur.

„Was bedrückt Sie, meine Liebe?", fragt die kleine, bunte Frau und kommt näher.

127

Ich habe mit deinem Neffen herumgeknutscht und dann ist er vor mir davongelaufen, möchte ich am liebsten sagen.

Aber ich tue es natürlich nicht.

Ihre wachen Augen mustern mich. „Liebeskummer?"

Ich starre sie mit offenem Mund an. „Woher ...?"

„Oh!" Sie kichert in sich hinein. „Ich bin alt. Ich habe schon Dutzende gebrochene Herzen gesehen. Und außerdem ..." Sie schaut rüber zum Glühweinstand. „Läuft mein Neffe heute mit einem ganz ähnlichen Ausdruck herum." Sie kratzt sich am Kinn. „Seltsamer Zufall, nicht wahr?"

Ich sage nichts, denn ich denke, sie kennt die Antwort schon.

Ein paar Atemzüge bleibt es still zwischen uns, dann räuspert sie sich. „Stört es Sie, wenn ich Du sage?"

Ich blinzele überrascht.

„Nein", antworte ich perplex. „Nur zu!"

„Gut." Sie lächelt mich an. „Denn ich hätte eine Frage an dich ..." Ihr Blick fährt aufmerksam über mein Gesicht und ich bereite mich auf eine peinliche Situation vor.

„Was glaubst du? Warum kommen die Leute zum Glühweinstand?" Sie nickt in Richtung der Menschenansammlung vor Phils Bude.

Mit dieser Frage hatte ich nicht gerechnet. Ich überlege kurz, betrachte die Leute, die sich mit dampfenden Bechern in den Händen lautstark unterhalten.

„Um sich zu betrinken?", rate ich.

Edda schüttelt sachte den Kopf. „Nein." Sie schmunzelt. „Nein. Sie kommen, um sich zu wärmen."

Verwirrt schaue ich erst die alte Frau, dann die Gruppe an. Was meint sie damit? Reden wir jetzt über die Temperatur des Weins anstatt über seinen Effekt?

„Wärme, verstehst du?", fährt Phils Tante voller Verve fort. „Darum geht es! Deswegen gibt es unsere Märkte und unsere Feste, damit wir zusammenkommen in dieser kalten Jahreszeit." Sie nimmt meine Hand, bevor ich wieder mit dem nervösen Verknoten beginnen kann. „Es geht um die Wärme, die zwischen uns entsteht. Die Wärme, die wir miteinander teilen."

Sie drückt meine Hände. Herzlich. Auffordernd.

„Bleib nicht hier stehen und friere, Kind", sagt sie, „Los! Wärme dich ein bisschen auf!" Sie deutet mit dem Daumen hinter sich, zu Phils Stand.

Ich verstehe den mehr als deutlichen Wink und nicke.

Nun gut.

Ich verabschiede mich von Edda und gehe auf die Marktbude zu, gerade als sich die glühweintrinkende Meute verabschiedet.

Beschwipst und gut gelaunt gehen sie an mir vorbei.

Phil räumt zusammen mit einem jungen Mann, der eine seiner Aushilfen sein muss, die benutzten Tassen weg. Sein Blick fällt auf mich und er erstarrt mitten in der Bewegung.

Zügig gehe ich die letzten Schritte bis zum Tresen.

„Hallo", sage ich und begegne seinem Blick.

„Sorry, wir schenken heute leider nichts mehr aus." Die Aushilfe erscheint vor mir. Sein Lächeln ist freundlich, aber auch ein wenig gequält.

„Schon gut, Olli, sie ist ..." Endlich rührt sich Phil wieder, doch seine Augen weichen meinen jetzt aus. „Ich kenne sie. Du kannst jetzt Feierabend machen."

„Okay!" Olli lässt sich das nicht zweimal sagen. Er löst die Schleife an seiner schwarzen Schürze und zieht sie aus. „Dann bis morgen?", fragt er und schultert einen Rucksack, den er erstaunlich schnell unter dem Tresen hervorholt.

„Ja. Morgen." Die Art, wie Phil sich im Nacken kratzt, verrät mir, dass ihm die Situation unangenehm ist.

Mist.

Ich hätte doch nicht kommen sollen.

Als Olli die Glühweinhütte durch eine Seitentür verlässt, folgt Phil ihm auf dem Fuß. Anstatt mit mir zu reden, macht er sich umständlich daran, die Holzläden zu schließen.

„Phil ..." Ich weiß noch immer nicht so recht, wo und wie ich anfangen soll. Aber alles ist besser als diese angespannte Stille zwischen uns. „Ich möchte mich entschuldigen."

Phil macht ungerührt weiter.

Ich springe zur Seite, damit ich ihm nicht im Weg bin.

„Was meine Mutter zu dir ... und über dich gesagt hat ..." Ich schnaufe frustriert. „Das war furchtbar herablassend. Und falsch."

Er nickt. „Ja. War es." Mit mehr Gewalt als nötig wäre, drückt er die Läden zu und hakt ein Vorhängeschloss ein. Dann geht er zurück ins Innere seines Standes.

Obwohl er mich nicht dazu auffordert, gehe ich ihm hinterher. „Und was ich gesagt habe, tut mir auch leid", füge ich hinzu.

Er schnaubt. „Du meinst, dass du dir *überhaupt gar nicht* vorstellen kannst, mit mir eine Nacht zu verbringen?" Das Grün seiner Augen durchbohrt mich, als er mich endlich wieder ansieht. „Schon okay, Luzia. Ich werde mich dir in Zukunft nicht mehr aufdrängen."

„Du hast dich mir nicht aufgedrängt!" Ich ziehe die Tür der Marktbude hinter mir zu. Wer auch immer draußen noch vorbeikommt, soll nicht jedes Wort unserer Unterhaltung hören.

„Gut, dass wir uns zumindest darin einig sind!" Wütend stapelt er die Glühweinbecher in einen Spülkasten.

„Ich dachte nämlich auch, dass du das ..." Er hadert mit den Worten. „Das, was da zwischen uns war ... Das, was wir gemacht haben ... Ich dachte, dass du das auch willst. Dass es dir gefällt!"

„Es hat mir auch gefallen!" Ich möchte schreien, so sehr sehne ich mich nach seinen liebevollen Berührungen von gestern.

„Also?" Er setzt den Kasten mit den Tassen klirrend ab und baut sich vor mir auf. „Was ist es dann? Was habe ich da auf dem Treppenabsatz getan, dass dich mit einem Mal so abgetörnt hat?"

Seine Brust hebt und senkt sich schnell unter seinem Kapuzenpulli. Er steht so dicht vor mir, dass seine Nähe und sein Duft mich fast überwältigen.

„Gar nichts. Du hast nichts falsch gemacht. Ich habe gelogen, okay?", platzt es aus mir heraus.

„Was?" Er analysiert mein Gesicht.

Ich beiße mir auf die Unterlippe.

„Ich habe darüber nachgedacht, mit dir die Nacht zu verbringen", gestehe ich. "Ich konnte es nicht zugeben. Nicht dort. Nicht in diesem Moment. Nicht vor meiner Mutter ..." Ich schließe kurz die Augen, weil ich spüre, wie meine Wangen glühen. „Nicht vor dir."

„Vor mir?" Sein Blick ist noch hitzig, als ich meine Lider wieder hebe, aber sein Ton ist sanfter.

„Das ist neu für mich, verstehst du? Ich mache das normalerweise nicht beim ersten Date. Ich denke an so etwas noch gar nicht." Jetzt sprudelt es einfach aus mir heraus. „Ich wollte nicht, dass du glaubst, ich wäre leicht zu haben. Und ich wollte auch nicht, dass meine Mutter das von mir denkt."

Er sieht mich einfach nur an und macht mein Geständnis dadurch noch unangenehmer.

„Ich weiß, dass ich das nicht so hätte sagen dürfen. Ich habe mich provozieren und hinreißen lassen. Ich habe nicht darüber nachgedacht, wie das für dich klingt. Wie es sich für dich anfühlt." Ich kämpfe mit den Tränen. „Es tut mir so leid, Phil."

Warum klinge ich jetzt so mitleiderregend? Warum kann ich nicht Haltung bewahren, wenn ich mich entschuldige?

Als die erste Träne über meine Wange kullert, ist Phils Hand da, um sie aufzufangen. Behutsam streicht er sie fort.

„Du findest mich also nicht ... nicht gut genug oder so?" Seine Lider sind gesenkt. Er bemüht sich, den wunden Punkt, den meine Ablehnung ganz offensichtlich getroffen hat, vor mir zu verbergen.

„Nicht gut genug?" Ich traue meinen Ohren kaum.

Ich sehe ihn an, diesen umwerfenden Mann. Ich sehe sein blondes Haar, seine tiefgrünen Augen, die breiten Schultern und die muskulöse Statur. Ich denke an all die wundervollen Dinge, die er mir gesagt hat. Und daran, wie zärtlich er mich berührt hat. Wer hat ihm nur eingeredet, dass irgendetwas an ihm nicht gut genug wäre?

„Phil, bitte ..." Ich lege eine Hand auf seine Brust, wickele die Kordel seiner Kapuze um meinen Zeigefinger. „Bitte denk sowas nicht. Und bitte, wenn du das noch willst, dann ..." Ich finde seinen Blick und halte ihn fest. „Bitte küss mich."

16 – Kopfüber ins Herz

Phil zögert keinen Augenblick, sich zu mir hinunterzubeugen. Als hätte er nur auf eine Aufforderung gewartet, prallen seine Lippen auf meine. Seine Hände umfassen mein Gesicht und ich fühle die Hitze seines Atems, schmecke wieder diesen Hauch von Zimt an seinem Mund.

Und ich kann nicht genug davon kriegen.

„Phil", seufze ich, als seine Hände meinen Hals hinab wandern. Meine Haut prickelt unter der Wärme seiner Fingerspitzen. Ungeduldig zerre ich an meinem Schal und den Knöpfen meines Parkas.

Ich möchte weniger Stoff zwischen uns.

Ich möchte ihn spüren können.

Seine Finger schieben sich unter meine geöffnete Jacke und folgen der Kurve meiner Taille.

„Sag, dass ich dich hochheben darf", wispert er atemlos zwischen zwei Küssen.

„Ja", keuche ich und lasse zu, dass er über meinen Po streicht, meine Oberschenkel greift und mich auf den Tresen setzt.

Ich umarme ihn, schlinge meine Beine um seine Hüfte, um ihn enger an mich heranzuziehen. Es fühlt sich so gut an, ihm so nah zu sein.

Meine Finger streichen seinen Nacken hinauf, graben sich in sein Haar und Phil entfährt ein leises Stöhnen. Lächelnd öffne ich meine Lippen, um seiner Zunge Einlass zu gewähren. Wir küssen uns tief und leidenschaftlich, hungrig darauf, mehr voneinander zu erkunden.

„Luzia ..." Phil unterbricht unseren Kuss, um Atem zu holen. „Gott, ich ..." Er kehrt zu mir zurück, presst seine Lippen und seinen Körper gegen mich, ehe er sich doch wieder losreißt. „Ich fasse nicht, dass ich das sage, aber ... Lass uns nichts überstürzen."

Es ist, als hätte er mich aus einer Trance geweckt.

„Was?" Blinzelnd und verwirrt schaue ich ihn an.

Er schält sich aus meiner Umklammerung und bringt ein wenig Abstand zwischen uns.

„Glaub mir, ich ..." Phil rauft sich die Haare. „Ich will das." Er deutet auf mich, auf sich, auf das Knistern, das in der Luft liegt. „Aber du sagst selbst, dass das normalerweise nicht deine Art ist."

„Was?", wiederhole ich und spüre, wie mir die Röte ins Gesicht steigt. Wie mich eine Hitze erfüllt, die nichts mit Lust zu tun hat. Ein Kloß bildet sich in meinem Hals und schnürt mir die Kehle zu.

„Es geht dir zu schnell", stoße ich hervor.

Und die Erkenntnis tut so weh.

„Geht es dir nicht zu schnell?", fragt er vorsichtig.

Ich schüttele den Kopf. Bis vor einer Sekunde konnte es mir gar nicht schnell genug gehen. Ich hatte mich gut gefühlt, mich einfach in den Moment und seine Arme fallen lassen.

Jetzt fühle ich mich ... falsch.

Ungelenk schiebe ich mich vom Tresen herunter und vermeide es, Phil dabei anzusehen.

Nun hatte er also erkannt, wie leicht ich für ihn zu haben war. Und es gefiel ihm nicht.

Meine Enttäuschung bildet einen schweren Klumpen in meinem Magen.

Ich greife hastig meinen Parka und schlüpfe hinein. Ich bin nicht nackt, aber ich fühle mich so. Spüre das dringende Bedürfnis, mich zu bedecken.

Als ich die Knöpfe schließe, zittern mir die Finger.

„Hey ..." Er greift nach meinen bebenden Händen. „Das sollte nicht heißen, dass du gehen sollst. Lass uns doch kurz reden. Wir ..." Er streicht mir eine Strähne hinters Ohr. „Wir können das nicht mit Küssen oder einem Quickie klären."

„Was möchtest du denn klären?", frage ich und klinge schon wieder so weinerlich, dass ich mich selbst dafür ohrfeigen möchte.

Phil bleibt ruhig. „Wir sollten darüber sprechen, was wir voneinander wollen."

Ich schnaube. „War das gerade nicht offensichtlich genug?" Ich mache Anstalten, mich nach meinem Schal zu bücken, aber er ist schneller und hebt ihn für mich auf.

„Ist es das, was du willst?", fragt er, als er mir das knotige Etwas überreicht. „Etwas rein Körperliches?"

Ich wickele mir den Schal um und schüttele den Kopf.

„Nein", nuschele ich in die Wolle.

Ich möchte so viel mehr. Aber jetzt gerade, in diesem Moment, hätte ich lieber mit dem Küssen weitergemacht.

„Luzia." Er streichelt mir behutsam über die Arme, fasst mich an beiden Händen. „Ich bin Schausteller. Dieser Stand ..." Er sieht sich in der kleinen Hütte um. „Das ist mein Beruf. Das ist mein Leben."

Ich nicke eifrig. „Das weiß ich doch."

„Weißt du das wirklich?" Er fährt mit seinen Daumen über meine. „Weißt du, was es bedeutet?"

Ich bin mir nicht ganz sicher, worauf er hinauswill.

„Es bedeutet, dass ich in einer Woche hier weg bin." Seine Stimme ist voller Bedauern. „Wenn der Weihnachtsmarkt endet, ziehe ich weiter."

Eine eisige Hand legt sich um mein Herz.

„Willst du mir gerade sagen, dass du, wenn du aus Fichtingen verschwindest ..." Ich schlucke hart. „Auch aus meinem Leben verschwindest?"

„Nein!", beteuert er. Doch er zögert einen Moment zu lange, ehe er weiterspricht. Lange genug, um mich an seinen nächsten Worten zweifeln zu lassen. „Das habe ich nicht vor. Aber es wird nicht einfach sein. Die wechselnden Orte. Die Distanz."

Ich streife seine Hände ab. „Nicht einfach?"

Ich kann nicht – will nicht – glauben, was ich da höre!

„Luzia, ich arbeite auf Märkten und Festen. Dort, wo die Leute ihre Freizeit verbringen." Er gestikuliert, um seinen Worten Nachdruck zu verleihen. „An Wochenenden, an Feiertagen, in der Ferienzeit, abends, wenn alle anderen Feierabend haben ... Es wird nicht leicht, immer wieder zu dir zurückzukommen."

Etwas lässt mich vor ihm zurückweichen.

„Du willst nicht zu mir zurückkommen." In meinen weit aufgerissenen Augen sammeln sich Tränen.

„Das habe ich nicht gesagt!" Er klingt jetzt frustriert und sein Blick verfinstert sich. „Du verstehst nicht, was ich dir sagen will!"

„Ich verstehe sehr wohl!" Ich werde lauter, emotionaler. „Du willst lieber gleich beenden, was wir haben."

„Ich will nichts beenden." Er versucht wieder, meine Hände zu nehmen. Als ich ihm das verweigere, verschränkt er resigniert die Arme vor der Brust. „Ich will dich doch nur vorbereiten! Du wärst nicht die Erste, die mit meinem Lebensstil nicht klarkommt."

Ich schnaube. "Und du bist nicht der Erste, der mich fallen lässt, weil er nur für seinen Job lebt!"

Ausgesprochen klingen die Worte härter als in meinem Kopf. Doch ich mache keinen Rückzieher. Ich bin verletzt. Mein Herz verkrampft sich regelrecht in meiner Brust.

„Nur für den Job?" Seine Stimme wird eisig. „Ich komme aus einer Schaustellerfamilie. Mein ganzes Leben habe ich nie etwas anderes getan. Ich habe meinem sterbenden Onkel damals versprochen, dass ich seinen Stand weiterführe, dass ich Edda nicht allein lasse. Dafür mache ich das alles! Es ist nicht *nur ein Job*!"

Seine Worte machen mich betroffen. Aber mein eigener Schmerz und mein eigener Zorn sind größer.

Ich gehe zur Tür und reiße sie auf.

Draußen regnet es in Strömen. Wegen unseres hitzigen Gesprächs hatte ich das anschwellende Prasseln auf dem Hüttendach gar nicht bemerkt. Ich halte kurz inne, bevor ich hinausstürze.

„Und jetzt gehst du, ja?" Wut und Kränkung schwingen in Phils Stimme mit.

Ich wirbele herum. „Du schickst mich ja förmlich davon!", fahre ich ihn an. „Du glaubst nicht daran, dass ich dich genug lieben könnte, um mich mit deinem Lebensstil zu arrangieren."

„Lieben?", wiederholt er und ich fühle mich ertappt. Was rede ich da nur?

Aber ich bin nicht aufzuhalten. Meine Gefühle brechen sich Bahn, rasen über meine Zunge hinaus, um Schaden anzurichten.

„Du gibst mir und uns gar keine Chance!", schreie ich ihn über das Geräusch des Regens an. „Lieber erfindest du Gründe, weshalb es nicht funktionieren kann!"

Er schüttelt den Kopf. Seine Augen glänzen feucht, als er mich anfunkelt. „Nichts davon ist erfunden. Den meisten Frauen genügt es nun mal nicht, einen Schausteller-Freund irgendwo in Deutschland zu haben. Sie wollen mehr. Mehr als ich ihnen geben kann."

„Vielleicht bin ich nicht wie die meisten Frauen?" Ich werfe ihm die Frage an den Kopf, während mir Tränen aus den Augen quellen. „Vielleicht würde es sich lohnen, mich richtig kennenzulernen und das herauszufinden?"

Phil entgegnet nichts, sondern sieht mich nur an.

Mein Blick ist zu verschwommen, um seinen Gesichtsausdruck zu deuten. Ich wende mich blinzelnd ab.

Er muss nichts mehr sagen.

Sein Schweigen sagt mir alles, was ich wissen muss.

Schnell setzte ich die Kapuze meines Parkas auf und stürme aus der Tür. Als ich schluchzend durch den Regen stolpere, glaube ich seine Rufe hinter mir zu hören. Doch ich drehe mich nicht mehr um.

17 – Verstecken und Verwundern

In den nächsten Tagen meide ich den Weihnachtsmarkt so gut es geht. Ich möchte nicht riskieren, Edda in die Arme zu laufen. Und Phil möchte ich nicht einmal aus der Ferne sehen.

Wenn ich zu Fuß unterwegs bin, laufe ich einen so großen Umweg, dass ich nicht einmal mehr die Weihnachtsmusik hören kann. Nehme ich den Bus, steige ich in eine Linie, die nicht am Marktplatz vorbeikommt.

Ich weiß, dass das kindisch ist, aber es tut einfach zu sehr weh. Es schmerzt mich zu wissen, dass da etwas hätte sein können. Etwas, was die schönste Zeit des Jahres auch für mich wieder warm und bunt gemacht hätte. – Wenn er uns nur eine Chance gegeben hätte.

So lange hatte ich mich nicht mehr auf einen Mann eingelassen. Aber dieses Mal hatte ich mich Hals über Kopf verliebt. Ich hatte diese Gefühle beim Schopf gepackt und war mit ihnen losgerannt.

Hätte ich geahnt, dass ich stolpere und mir dabei das Herz zerbreche, hätte ich die Füße stillgehalten.

Als mir am dreiundzwanzigsten Dezember – meinem letzten Arbeitstag in diesem Kalenderjahr – klar wird, dass der Markt schon am nächsten Vormittag endet, spüre ich neben dem Schmerz endlich auch eine Art von Erleichterung.

Morgen wird er die Stadt verlassen. Phil wird fort sein und ich kann wieder meinen ganz normalen Alltag leben.

Endlich.

Ich betrete den Werkhof, winke im Vorbeigehen zwei Busfahrern zu, die gerade ihre Fahrzeuge zurück in den Stall gebracht haben.

„Bis später!", ruft mir einer der beiden fröhlich zu.

Später?

Normalerweise ist für die Fahrerinnen und Fahrer Feierabend, sobald sie die Busse zum Putzen parken.

„Luzi, grandiose Neuigkeiten!" Julio stürmt mir mit breitem Grinsen entgegen. „Der Chef ist in Spendierlaune und lädt uns alle auf eine Runde Glühwein ein. Nachher geht's mit der ganzen Belegschaft auf den Weihnachtsmarkt!"

Ich bleibe abrupt stehen. „Wie bitte?" Panik steigt in mir auf. „Auf den Weihnachtsmarkt? Auf den Fichtinger Weihnachtsmarkt? An Phils Glühweinstand?"

Alles, bloß das nicht!

„Nein, nein, nein." Julio legt einen Arm um mich. „Ich weiß doch, dass du da nicht hinwillst. Ich habe den Chef überzeugt, dass wir die 1 nehmen und rüber nach Buchingen fahren."

Buchingen war die nächstgrößere Stadt. Ihr Weihnachtsmarkt ist im Vergleich zum Fichtinger riesig. Es gibt eine Vielzahl von Ständen und Attraktionen. Der Markt hat länger geöffnet und, was am wichtigsten ist, dort gibt es keinen Phil.

Ich atme geräuschvoll aus und gehe mit wackeligen Knien weiter.

An der Garderobe neben der langen Küchenzeile hänge ich meine Jacke und meine Tasche auf. Dann marschiere ich mit Julio einmal quer durch die Garage.

„Na endlich!" Marita steht mit Putzutensilien und verschränkten Armen da. „Tauchst du auch mal auf? Wenn wir nicht rechtzeitig fertig werden, sind wir die Einzigen, die nicht mitdürfen!"

Ich bezweifle, dass der Chef uns zurücklässt, aber ich erwidere nichts. Soll Marita ruhig bissig zu mir sein! Nächste Woche habe ich erst einmal Urlaub, dann kann sie sich ein anderes Opfer suchen.

„Meint ihr, mein Freund darf mit auf den Weihnachtsmarkt?", fragt Cindy kaugummikauend. Gelangweilt wie immer, lehnt sie an dem Bus, den wir als Erstes putzen werden.

„Natürlich nicht!", keift Marita und steigt in den Passagierraum. „Das ist ein Betriebsausflug! Keine Mitfahrgelegenheit zu einem Date!"

Julio reibt sich das Kinn. „Ach, weißt du, Cindy ... Ich kann den Chef ja mal fragen, wir haben sicher noch einen Platz frei", bietet er an.

Er grinst dabei so spöttisch, dass ich mir sicher bin, er tut es nur, um Marita zu provozieren. Nicht um meiner anderen Kollegin einen Gefallen zu tun.

Während Cindy sich freut, stapft Marita brodelnd zwischen den Sitzreihen hindurch, um sich an die Arbeit zu machen. Als ich ihr nicht sofort nachfolge, brüllt sie: „Luzia! Los jetzt! Beweg deinen Arsch hier rein!"

Ich drehe mich genervt zu Julio um. „Vielen Dank auch. Das wird das Putzen jetzt so viel unterhaltsamer machen!", sage ich sarkastisch.

Er lacht und wuschelt mir durch die Haare. „Für dich tue ich doch alles, Luzilein!"

Wie ein Drill-Inspektor bei der Armee scheucht uns Marita durch die Busse. Eine sagenhafte Stunde früher als sonst sind wir mit der Putzerei fertig. Während Cindy wie aus dem Ei gepellt aussieht, bin ich völlig verschwitzt und erledigt. Am liebsten würde ich mich davonschleichen, aber dann trudeln schon die ersten Kolleginnen und Kollegen wieder im Werkhof ein. Das ganze Busunternehmen ist anscheinend in Feierlaune.

„Frohe Weihnachten!", wird sich aus allen möglichen Ecken der Halle zugerufen.

Ich entdecke Julio im Gespräch mit einer Busfahrerin und steuere auf ihn zu.

„Hi!" Parka und Tasche unter den Arm geklemmt, komme ich bei ihm an.

„Da ist sie ja!", jubelt er und ich glaube, er hat während der Arbeit schon heimlich einen Glühwein getrunken. Seine Wangen und seine Nase wirken verdächtig rosig im Schein der Neonlampen.

„Unser Ehrengast!" Die Fahrerin lacht. Klopft mir im Vorbeigehen auf die Schulter und steigt in das Cockpit des Busses, der für den Ausflug bereitgestellt wurde.

„Hä?", mache ich und schaue Julio fragend an. „Was meint sie damit?"

Er scheint für einen Moment zerstreut. „Ach, ich habe uns nur gerade die hintere Sitzreihe klargemacht", behauptet er. „Du weißt schon ... Wo die coolen Kids sitzen."

„Aha", murmele ich. Nun bin ich mir sicher, dass er wirklich beschwipst ist.

Na ja, mir soll's egal sein.

Wir haben Feierabend und eine Mitfahrgelegenheit, warum sollte er sich also nicht amüsieren?

Ich folge meinem Freund in den Bus und wir setzen uns auf die breite Sitzbank am Ende des Fahrzeugs.

Auch die Sitze vor uns füllen sich. Cindy führt einen jungen Kerl mit weiten Hosen und Goldkettchen herein und irgendjemand hat Marita dazu gebracht, eine blinkende Weihnachtsmütze aufzusetzen.

Ich kann mir das Lachen kaum verkneifen.

Die Fahrt geht los und nach einer kurzen, wohlwollenden Durchsage des Chefs, dröhnt Weihnachtsmusik durch die Kabine. Dosen mit selbst gebackenen Weihnachtsplätzchen machen die Runde, während draußen vor den Fenstern die dunkle Winternacht vorbeizieht.

Ich lehne mich an Julio, der freundschaftlich einen Arm um mich legt. „Das wird ein cooler Abend!", sagt er aufmunternd und stimmt hingebungsvoll in *All I Want for Christmas Is You* ein.

Seine gute Laune wirkt ansteckend auf mich und ich merke, wie die Anspannung der letzten Tage langsam in mir schmilzt.

Etwa fünfzehn Minuten dauert es, bis wir nach Buchingen reinfahren und unser Fahrzeug frech am still daliegenden Busbahnhof parken. Gut gelaunt marschiert unser Trupp in Richtung des Weihnachtsmarkts.

Ich knabbere gerade an einem Spekulatius, als wir den letzten Häuserblock vor dem Marktplatz umrunden und ich es sehe: Ein Riesenrad.

Wie angewurzelt bleibe ich stehen und ein Kollege, der hinter mir geht, rennt in mich hinein. Ich stolpere und der Keks fällt mir aus der Hand.

„Luzi, was machst du denn?", Julio fängt meinen Sturz ab, ehe ich wie das Weihnachtsgebäck auf dem Boden lande.

Der Kollege entschuldigt sich überschwänglich.

„Alles gut, alles gut", sage ich schnell. „Das war meine Schuld, ich habe nicht aufgepasst."

Dankenswerterweise bewegt sich die Gruppe weiter, sodass ich mich aufrappeln und sortieren kann. Julio und ich fallen ein wenig hinter den anderen zurück.

„Was hast du denn?", fragt er besorgt.

Ich kehre Spekulatiuskrümel von meiner Jacke und ordne mein Haar. „Es ist nur …", verlegen weiche ich seinem Blick aus, „das Rad!"

Er schaut über die Schulter, dorthin, wo der Marktplatz liegt. „Das Riesenrad?"

Ich nicke. „Phils Eltern haben eins."

Es ist das erste Mal seit einigen Tagen, dass ich seinen Namen laut ausspreche. Meine Zunge wird seltsam schwer, als wollte sie nicht über ihn reden.

„Und du meinst, es ist dieses?", hakt Julio weiter nach.

„Ich weiß es nicht", antworte ich kopfschüttelnd. „Vermutlich nicht. Ich meine … Das wäre schon ein seltsamer Zufall."

„Ja, das wäre … mega … seltsam." Julio bietet mir seinen Arm an und wir gehen weiter. Er läuft ziemlich schnell. Offenbar ist er bemüht, wieder mit der Gruppe aufzuschließen. „Fährst du eine Runde mit mir?", fragt er dann, ohne mich anzusehen.

„Was?" Ich muss hastig einen Fuß vor den anderen setzen, um mit ihm Schritt zu halten.

„Na ja, ich bin noch nie im Riesenrad gefahren. Und das sieht so cool aus!" Seine Augen leuchten auf wie die eines Kindes.

Als er mich ansieht, grinst er sein übliches, charmantes Grinsen. „Biiiiiiitte!"

Ich verdrehe die Augen. Wenn er mich so anbettelt, kann ich ihm nichts abschlagen.

„Na gut", gebe ich nach. „Aber nur eine Fahrt!"

„Yes!", ruft er aus und sprintet los, als könnte er es kaum erwarten.

Lachend renne ich mit. Wir fliegen über den Bordstein und rempeln beinahe Marita an, als wir unseren Trupp erreichen.

Missmutig dreht sie sich zu uns um. „Was ist denn mit euch beiden schon wieder los?", brummt sie.

Ihren finsteren Blick kann ich nicht ernst nehmen, weil in diesem Moment der Zipfel ihrer roten Mütze anfängt zu tanzen. Ich muss so losprusten, dass mir Tränen in die Augen schießen. Auch Julio neben mir johlt.

„Seid ihr etwa schon betrunken?", empört sich Marita, während ihre Kopfbedeckung im Takt mit Jingle Bells wackelt. Sie rümpft die Nase und wendet sich wieder nach vorne.

„Wenn wir nachher oben sind", flüstert mir Julio glucksend ins Ohr. „Dann spucken wir auf sie herunter, ja?"

Ich wische mir eine Träne von der Wange, werde aber noch immer von Lachern geschüttelt.

„Du bist ja eklig! Nein!" Ich kichere leise.

„Komm schon ..." Er stupst mich an. „Wir greifen nur dem Weihnachtsmann ein wenig unter die Arme. Ich bin mir sicher, sie war das ganze Jahr unartig!"

Ich schüttele den Kopf, schaue zu den blinkenden Lichtern, die hoch oben auf dem Riesenrad die Nacht erhellen. „Aber wir bleiben auf der Liste der Braven!", sage ich entschieden.

„Wie langweilig, aber wenn du meinst ..." Julio seufzt hörbar enttäuscht. „Dann können wir wohl nur auf kosmische Gerechtigkeit hoffen ... oder die heilende Wirkung eines Weihnachtswunders."

„Wunder gibt's immer wieder, oder?", sage ich schulterzuckend. Und genau in diesem Moment fällt die erste Schneeflocke des Abends auf uns herab.

18 – Ein Becher Liebe

Fröstelnd klammern wir uns an die warmen Keramiktassen, während wir in der Reihe des Riesenrads anstehen. Mit großen Augen schaue ich an der Attraktion empor.

Ich schätze, es sind etwa fünfunddreißig Meter, die das Rad umspannt. Es ist weder das höchste seiner Art noch das höchste, auf dem ich jemals war, aber es bringt mich dennoch zum Staunen.

Es sieht aus, als hätte man es aus der Weihnachtswerkstatt am Nordpol hergebracht. Die Metallstreben sind silbern und weiß lackiert und die halb geschlossenen Gondeln schmücken eisblaue Schneekristalle. *Weißes Wunder* prangt in großen, glitzernden Lettern dort, wo alle Speichen des Rads zusammenlaufen. Die unzähligen Lichter am Gestänge bringen den herunterrieselnden Schnee zum Funkeln. Es ist wie eine Szene aus einer Weihnachtsschnulze.

So schön, dass es unecht wirkt.

Mit einem Mal spüre ich wieder diesen dumpfen Schmerz in mir. Erinnere mich an Phil und wie er über die beeindruckende Wirkung von Riesenrädern auf seine Dates gesprochen hat.

Insgeheim hatte ich wohl darauf gehofft, einmal mit ihm in so einer Gondel zu sitzen. Eng aneinandergeschmiegt. Unter uns die Lichter der Stadt. Über uns die Sterne.

Ich schüttele meine kitschigen Fantasien ab.

Das würde nie passieren. Es war vorbei.

Beherzt nehme ich einen Schluck aus meiner Tasse, finde Gefallen an der herben Note des Glühweins. Auch wenn er längst nicht so gut wie Phils Kreation schmeckt.

Um auch diesen Gedanken zu vertreiben, trinke ich gleich noch einmal.

Dann schaue ich rüber zu Julio, der so gar nicht begeistert die Attraktion vor uns betrachtet.

„Alles okay?", frage ich ihn.

„Ja!", kommt es wie aus der Pistole geschossen. „Alles super!" Sein Adamsapfel hebt und senkt sich, während er unverwandt nach oben starrt.

„Julio ..." Ich zupfe an seinem Ärmel, damit er mich ansieht. „Hast du Angst?"

„Angst?", wiederholt er schrill und schaut sich um. Offensichtlich ist ihm die Vorstellung, dass die anderen Wartenden in der Reihe etwas davon mitbekommen könnten, unangenehm. „Haha, nein, natürlich nicht!"

Er genehmigt sich einen großen Schluck Glühwein und verzieht das Gesicht.

„Bist du sicher?" Ich mache mir Sorgen um ihn. Sein hübsches Gesicht sieht ganz blass aus. „Wir müssen nicht damit fahren! Komm, lass uns zurück zu den Fressbuden und den anderen gehen."

„NEIN!", ruft er plötzlich so laut, dass ich erschrecke. „Entschuldige, ähm, das geht schon ... Wir bleiben hier", fährt er in einem normalen Gesprächston fort.

„Oookay … Wie du meinst." Ich begreife nicht, warum er sich das um jeden Preis antun möchte, aber bleibe, wo ich bin.

Julio hat gesagt, es wäre seine erste Fahrt mit einem Riesenrad. Vielleicht ist das für ihn so eine Art Mutprobe. Er wird schon wissen, wo seine Grenzen liegen.

Die Reihe kommt in Bewegung und wir rücken auf. Nur noch drei oder vier Paare stehen vor uns an. Mit jedem Schritt kommen wir dem Einstieg etwas näher und Julio wirkt immer nervöser.

„Wirklich, Julio … Wenn du Höhenangst hast, dann müssen wir das nicht tun!", versuche ich, ihn noch einmal zur Vernunft zu bringen.

„Doch!", sagt er in einem Ton, der keinen Widerspruch duldet. „Sonst sind wir ganz umsonst hergekommen!"

„Umsonst?", frage ich. „Was meinst du damit?"

Ehe mir Julio eine Erklärung geben kann, werde ich von dem Mitarbeiter am Einstieg aufgefordert, vorzutreten und die nächste Gondel zu besetzen.

Ich schreite über den etwas rutschigen Metallboden am Fuß des Riesenrads und betrete als Erste die langsam heranfahrende Kabine. Meine fast leere Tasse stelle ich auf dem kleinen, runden Tisch in der Mitte der Gondel ab und mache es mir auf einer der schmalen Sitzbänke bequem.

„Oh Gott sei Dank, ich dachte, du kommst nicht rechtzeitig!", höre ich Julio hinter mir sagen.

Als ich mich zu ihm umdrehe, um zu fragen, was das denn nun heißen soll, bemerke ich, dass nicht mein Freund, sondern ein Fremder hinter mir eingestiegen ist.

Ein Mann in einem dunklen Kapuzenpullover sitzt mir gegenüber.

Er hebt einen Rucksack auf den Sitz neben sich, als sich die Tür unserer Gondel schließt und wir ruckelnd nach oben gezogen werden.

„JULIO?" Hektisch sehe ich mich nach meinem Kollegen um, der noch immer bei den Wartenden steht.

„Ich tue alles für dich, Luzi!", ruft er mir hinterher. „Aber ich steige auf gar keinen Fall in dieses Ding!"

„Was?" Meine Verwirrung ist komplett.

Er hatte mich doch gedrängt, diese Fahrt zu machen!

Meter um Meter trägt mich das Riesenrad in die Höhe und was mir mein Freund sonst noch zuruft, geht in der Musik des Fahrgeschäfts unter. Ich kann nur noch das Weiß seiner Zähne ausmachen, das sein breites Grinsen offenbart.

„Ist das denn zu fassen?", sage ich kopfschüttelnd und wende mich meinem Mitfahrer zu.

Und erstarre.

Der Mann hat sich die Kapuze vom Kopf gezogen. Kurzes, blondes Haar fällt ihm in die Stirn. Tannengrüne Augen sehen mich unverwandt an.

„Phil …", wispere ich und kann mich gerade noch davon abhalten, aufzuspringen. „Wie …?"

„Bevor du auf Julio sauer bist", fällt er mir ins Wort. „Ich habe ihn überredet, mir zu helfen."

„Was?" Meine Stimme ist genauso unentschlossen wie ich, ob sie jetzt verärgert oder erfreut klingen soll. „Dir bei was zu helfen?"

Phil fasst sich in den Nacken. „Du musstest herkommen. In diese Stadt und auf dieses Riesenrad, damit ich …" Er schluckt. „Damit ich etwas tun kann, was ich schon längst hätte tun sollen."

Er greift in den Rucksack und zieht eine schmale Thermoskanne hervor.

„Als ich dich das erste Mal getroffen habe, habe ich versprochen, dir einen Glühwein auszugeben. Weißt du noch?" Er schraubt den Deckel auf. „Ich grübele oft lange über einem neuen Rezept, einer neuen Sorte Punsch oder Glühwein für meinen Stand ... Aber die Idee hierfür kam mir schon in dieser Nacht, in der ich dich nach Hause gebracht habe. Nach unserer allerersten Begegnung."

Ich sage nichts, aber meine Gedanken kehren zu dem Abend zurück. Der Abend meines Geburtstags. Der Abend, an dem ich Phil zum ersten Mal gesehen habe und direkt vor ihm in Tränen ausgebrochen war.

„Es ist ein Rosé", fährt er fort und gießt konzentriert zwei Becher ein. „Ich lasse ihn in getrockneten Erdbeeren und Rosenblättern ziehen."

Er sieht mich an, sucht etwas in meinem Blick.

„U-Und Vanille, die ist auch drin." Sein selbstbewusster Ton gerät ein wenig ins Wanken. „Und etwas Marzipansirup. Das macht ihn süß."

Er setzt die Kanne ab, schiebt mir einen Becher hin und beobachtet gespannt meine Reaktion.

„Danke", schaffe ich zu sagen über den dicken Kloß, der sich in meinem Hals gebildet hat.

„Bitte sag mir ..." Phil reibt sich die Hände. „Bitte sag mir, wie du ihn findest."

Mit zitternden Fingern greife ich nach dem Getränk. Sein süß-warmer Duft steigt mir in die Nase. Bevor ich davon trinken kann, weht es ein paar Schneeflocken in meine Tasse. Sie landen auf der Oberfläche und schmelzen dahin.

So wie ich.

Vorsichtig nippe ich daran. Nehme einen Schluck, dann einen zweiten. „Es schmeckt wie ..." Es ist köstlich, aber ich finde nicht die richtigen Worte dafür.

„Wie ein Kuss von dir", beendet Phil meinen Satz. „So schmeckt es jedenfalls für mich."

Er rückt auf seinem Sitz nach vorne, greift mit seiner Hand über die kleine Tischplatte zwischen uns.

Bedächtig stelle ich den Becher ab, lege meine freie Hand vorsichtig in seine. Er lässt mir einen Moment Zeit, bevor er seine Finger um meine schließt. Er gibt mir die Möglichkeit, es mir anders zu überlegen.

Aber ich will es mir nicht anders überlegen.

Ich will nur etwas wissen ...

„Phil, ich ..." Meine Stimme ist tränendick. „Ich werde bestimmt gleich wieder heulen", sage ich resigniert.

„Das ist okay." Er lächelt mich an, streicht mit seinem Daumen eine Schneeflocke von meinem Handrücken.

Die Berührung jagt ein Schaudern durch meinen ganzen Körper.

„Ich habe ...", wimmere ich. „Ich habe Angst."

„Angst?" Phil klingt alarmiert.

Ich nicke. „Ich hatte schon lange nicht mehr, vielleicht noch nie ..." Ich wische mir die Nase schniefend am Ärmel ab. Nicht sehr ladylike, aber das ist jetzt auch schon egal. „Noch nie habe ich mich so ... von jetzt auf gleich ... verliebt. So wie ich mich in dich verliebt habe", gestehe ich.

Phil drückt meine Hand. „Ich mich auch nicht."

„Bitte", schluchze ich. „Bitte sei nicht hier, nur um mich wieder wegzustoßen." Ich sehe ihn an, während sich immer und immer neue Tränen über meine Wangen stürzen. „Wenn du mir nicht wirklich eine Chance geben willst, dann ... dann ..."

„Luzia", unterbricht er mich sanft. „Ich bin hier, um *dich* um eine Chance zu bitten."

Er sieht mir tief in die Augen, streicht mit der anderen Hand über meinen Arm.

„Was?" Ich kann keinen klaren Gedanken fassen. „Um mich zu bitten?"

„Es tut mir so leid, Luzia." Seine Stimme und sein Gesicht sind voller Bedauern. „Du hattest recht. Ich habe nach Gründen gesucht, warum es nicht klappen kann."

Ich werde ganz still.

„Ich habe all die Gründe vor mir gesehen, wegen denen es schon mal nicht geklappt hat. Aber ... mir ist klar geworden ...", erzählt er weiter, „ich weiß jetzt, dass es einen ganz wichtigen Grund gibt, warum es eben doch klappen könnte."

Mein Herz klopft, ach was, hämmert gegen meinen Brustkorb, der sich aufgeregt hebt und senkt.

„Welcher Grund?", frage ich atemlos.

Wir erreichen gerade den höchsten Punkt des Riesenrads. Ganz Buchingen liegt uns zu Füßen und strahlt mit hunderten Lichtern zu uns herauf.

Phil rückt um den Tisch herum und bringt dabei die Gondel ein wenig ins Schwanken. Gebannt beobachte ich, wie er sich direkt neben mir niederlässt.

„Na ja, meine Eltern haben ein Riesenrad, das ist schon mal ein Grund", sagt er mit einem schelmischen Grinsen und deutet auf die Konstruktion um uns herum.

Ich lache auf, blinzele die letzten Tränen weg.

„Aber noch viel wichtiger ist ..." Er wird wieder ernst. „Dass ich dich liebe."

Mein Herz setzt einen Augenblick lang aus.

„Du ..." Meine Stimme versagt, vergisst vollkommen, wozu sie da ist.

„Ich liebe dich", wiederholt er und greift sanft nach meinem Kinn. „Ich liebe dich, Luzia. Und ich bitte dich, mich auch zu lieben."

Ich kann ihn nur anstarren, diesen Mann, der mir gerade sein Herz geöffnet hat. Verheddere mich in seinem Anblick, wie die Schneeflocken in seinem Haar.

Es ist wie in einem dieser kitschigen Weihnachtsfilme, nur viel besser. Es ist einfach unglaublich.

„Luzia?", fragt er zaghaft. „Was sagst du dazu?"

Träge erwacht meine Stimme wieder zum Leben.

„Ja", sage ich. Es ist kaum mehr als ein Hauchen.

„Ja?" Ein Lächeln erhellt seine Züge.

Ich kann nicht anders, als ihn anzustrahlen. „Ich liebe dich auch."

Langsam lehnen wir uns zueinander, kommen uns so nah, dass sich unsere Lippen berühren.

Er küsst mich.

Voller Hingabe, voller Wärme.

Und es schmeckt nach Rosé. Nach Beeren und Blütenblättern, nach Vanille und einer Spur süßem, weißem Marzipan.

So wie ein Kuss schmecken soll.

Epilog – Ein gemeinsamer Weg

Ein Jahr später.

„Hast du den Artikel schon fertig?" Phil stellt einen dampfenden Becher neben mir ab. „Die anderen kommen gleich."

„Fast ...", murmele ich und tippe auf dem Laptop herum.

Ich lehne am Tresen seines Glühweinstands, während ich den seitenlangen Text korrekturlese.

„Ich denke, so sollte es gut sein", urteile ich schließlich, aktualisiere die Anzeige ein letztes Mal und klappe den PC zu.

„Bestimmt ist er super." Phil tritt hinter mich und schlingt kurz seine Arme um meine Taille. „Wie alle deine Texte."

„Danke schön." Ich lächele ihn verlegen an, als er sich mit einem schnellen Kuss wieder von mir löst.

Sein Lob und seine Bestärkung sind noch immer ungewohnt für mich. Gleichzeitig waren sie es, die mir in den letzten Monaten den Mut zu diesem Projekt gegeben haben.

Im März habe ich meine Stelle beim Busunternehmen und die kleinen Putzjobs, die ich sonst noch so hatte, gekündigt.

Ich bin aus meiner Dachgeschosswohnung ausgezogen und habe mir einen ausrangierten Van gekauft, der dank Phils tatkräftiger Hilfe ein komfortables Reisefahrzeug für mich und Mikesch wurde.

Wir sind ihm hinterhergefahren, meinem Schaustellerfreund, und in jedem Ort, in dem wir seitdem Station gemacht haben, habe ich eine Story aufgespürt.

Mein Blog heißt *Die Lokalkolumnistin* und ich schreibe dort über die Erfahrungen, die ich on the road mache, und über die Menschen, die mir begegnen. Ich erzähle die Geschichten, die sonst keiner niederschreibt, weil sie auf den ersten Blick so klein und unscheinbar wirken. Aber es sind eben diese Geschichten, die gern gelesen werden.

Jeden Monat abonnieren mehr Menschen meinen Newsletter, senden mir wohlwollendes Feedback und unterstützen meine Arbeit.

Zugegeben, es wirft noch nicht viel ab.

Aber es ist schon in Ordnung.

Es ist mein Traum.

Jeden Tag wache ich ein bisschen glücklicher auf, als ich am Abend zuvor eingeschlafen bin. Auch wegen des Mannes, neben dem ich meistens einschlafe und aufwache.

Ich schiele zu ihm. Phil richtet gerade ein Tablett mit Tassen und Weihnachtsgebäck an, als eine Stimme über den Platz schallt.

„Da sind sie ja, die Nomaden!" Franzi kommt in erstaunlichem Tempo angefahren. Ich bin mir sicher, dass Julio sie nicht anschiebt, sondern nur zum Schein hinter ihr herläuft – oder um sie von einer Geschwindigkeitsüberschreitung abzuhalten.

Schwungvoll kommt sie über die Rampen und Kabelbrücken. Eine Gruppe Ehrenamtlicher aus Fichtingen hat in diesem Jahr dafür gesorgt, dass der Weihnachtsmarkt mit diesen Maßnahmen ein wenig barrierefreier wird.

„Hi!", rufe ich meinen beiden Besten zu. Ich verlasse unsere Marktbude und laufe ihnen mit ausgebreiteten Armen entgegen.

„Ich habe euch vermisst!" Glücklich schließe ich erst Franzi, dann Julio in eine feste Umarmung. „Wie geht es euch?"

Mein hochgewachsener Modelfreund schnaubt. „Na ja, einigermaßen. Dein letzter Artikel hat uns emotional zerstört!"

„Ja!", jammert Franzi. „Die Tauben-Auffangstation! Mir kommen jetzt jedes Mal die Tränen, wenn mir so ein Federvieh auf der Straße begegnet. Wie konntest du nur einfach so mein kaltes Herz erweichen?"

Julio nickt zustimmend und beide werfen mir vorwurfsvolle Blicke zu.

„Die Leute leisten wichtige Arbeit", sage ich. „Und das mit der guten Laune kriegen wir schon wieder hin. Phil hat ein paar Tassen *Rosenkuss* vorbereitet."

Der Glühwein, den mein Freund für mich kreiert hat, ist in diesem Jahr ein richtiger Verkaufsschlager.

„Wow, sind die alle für uns?", staunt Julio, als wir uns zu dritt dem Stand nähern und er das Tablett erblickt.

„Ja", bestätige ich. „Und für Sieglinde und Theo."

„Sieglinde und Theo?", fragt Franzi stirnrunzelnd, während sich Phil und Julio mit einem High Five begrüßen.

„Meine frühere Nachbarin und der Arzt, für den ich mal geputzt habe." Ich lächele breit. „Sie sind jetzt verheiratet."

„Wow, love is in the air, was?" Franzi hebt kokett eine Augenbraue. „Es ist ja ein Wunder, dass Julio nicht auch seinen neuen Supermodelfreund angeschleppt hat!"

„Neuer Supermodelfreund?" Mit offenem Mund drehe ich mich zu Julio um. „Davon hast du mir gar nichts erzählt!"

Er rauft sich verlegen die mittlerweile violett gefärbten Strähnen. „Wir haben uns erst vor ein paar Wochen bei einem Fotoshooting kennengelernt." Er tut lässig, doch seine Augen leuchten.

„Aber Franzi braucht gar nichts zu sagen!", seine Stimme bekommt einen anklagenden Ton. „Es würde mich nicht wundern, wenn Rafael jeden Moment ums Eck kommt!"

„Rafael?" Mein Lächeln wird breiter und ich schaue von Julio zu Franzi und zurück.

„Er ist nur ein Kollege", murmelt sie, wird dabei aber verdächtig rot. „Er macht auch gerade sein Referendariat in der Kanzlei."

„Und er bringt sie nach der Arbeit nach Hause ...", beginnt Julio aufzuzählen.

„Das war ein einziges Mal", fällt ihm Franzi ins Wort. „Weil draußen so ein Schneegestöber war!"

„Er ruft zehnmal am Tag an, wenn Franzi im Homeoffice ist", fährt Julio unbeeindruckt fort. „Und erfindet irgendwelche IT-Probleme, um sie besuchen zu kommen."

„Der Router war ausgefallen und ich musste Einsicht in eine Fallakte nehmen!" Franzis Wangen glühen jetzt richtig.

„Dann hat er sie neulich zum Essen ausgeführt." Julio zählt mittlerweile an den Fingern mit. „Sogar in Anzug und Krawatte!" Er pfeift anerkennend. „Und du hättest sehen sollen, was für ein scharfes Kleid Franzi getragen hat."

„Das war die Weihnachtsfeier der Kanzlei! Der Dresscode war Cocktail." Franzi verschränkt die Arme vor der Brust.

„Und als er sie später zurückgebracht hat, hat er eine geschlagene halbe Stunde ihre Gemälde in unserem Flur bewundert." Julio grinst siegessicher. „Und dann hat er ihr gesagt, ihr Lächeln wäre wie Sonnenschein."

„Das hast du gehört?", fragt Franzi ertappt.

Julio lacht laut. „Ihr standet quasi vor meiner Schlafzimmertür!"

„Wie schön! Das freut mich für dich!" Ich falle Franzi um den Hals. „Für euch beide!", sage ich und drücke auch Julio an mich.

„Ihr hättet eure Jungs ruhig mitbringen können", sagt Phil und tritt an meine Seite.

„Hätten die dann auch eine All-you-can-drink-Glühwein-Flatrate bekommen, so wie ich?", erkundigt sich Julio feixend.

„Hey, das war nur im letzten Jahr und nur, damit du Luzia zu diesem Riesenrad bringst." Mein Partner bemüht sich, dem bettelnden Blick meines besten Freundes standzuhalten.

„Wo ist deine Dankbarkeit?" Julio fasst sich dramatisch an die Brust. „Ich habe dir die Liebe deines Lebens quasi auf dem Silbertablett serviert!"

Phils grüne Augen streifen zu mir. „Das stimmt", sagt er und verpasst mir damit eine Gänsehaut.

„Hey! Hebt euch die schmachtenden Blicke für später auf!" Franzi rudert mit den Armen, um unsere Aufmerksamkeit zu bekommen. „Ihr habt hier durstige Kundschaft. Her mit dem Glühwein!"

Phil schnappt sich das Tablett und trägt es zu ihr.

„Bitte schön, Verehrteste", schleimt er sich ein.

Franzi seufzt und greift nach einem Becher. „Na, geht doch! Dann wollen wir deine romantische Kreation mal probieren, du blonder Giftmischer."

Beide brechen in schallendes Gelächter aus.

Ich stehe glücklich zwischen meinen Freunden, als mein Handy vibrierend eine neue Benachrichtigung ankündigt. Ich ziehe es aus meiner Jackentasche und erstarre für einen Moment.

„Was ist los?" Phil ist sofort an meiner Seite. „Alles okay?"

Ich schaue ungläubig auf das Display.

„E-Es ist ein neuer Kommentar unter meinem letzten Blogpost", stammele ich. „Er ist von … Gesche Klamm. Meiner Mutter."

Alle schnappen nach Luft. Sie wissen, dass zwischen mir und meiner Mutter seit jener Nacht im letzten Jahr Funkstille herrscht.

„Was schreibt sie?" Natürlich ist es Franzi, die sich traut auszusprechen, was sich alle in unserer Runde fragen.

Ich hole tief Luft und suche Phils Blick.

„Ein hervorragender Artikel, Luzia", lese ich blinzelnd vor. *„Du kannst stolz auf dich und deine Arbeit sein."*

Ende.

Danksagung

Eigentlich sollte es dieses Buch gar nicht geben. Anfangs habe ich nicht einmal in Erwägung gezogen, Luzias und Phils Romanze zu veröffentlichen.

Die Wärme, die wir teilen sollte nur eine Schreibübung sein, ein Spaßprojekt für zwischendurch. Ich habe die Idee aus einem hinteren Winkel meines Kopfes gepflückt, weil ich im September 2022 die Möglichkeit bekommen hatte, eine neue Schreibsoftware zu testen. Um das Autorenprogramm auf Herz und Nieren zu prüfen, musste eine Story her – und diese kleine, winterliche Liebesgeschichte war am lautesten.

Dass die Freude am Schreiben anhielt, sich sogar verdoppelte und verdreifachte und mich dieses Buch in knapp zwei Monaten schreiben ließ, liegt auch an dem neuen Werkzeug, das mir zur Verfügung stand. In diesem Sinne geht der erste Dank an das Team hinter *WriteControl*. Danke, dass ich mich als Beta-Nutzerin austoben durfte. Danke, dass ihr bei Fragen und Nutzungsproblemen immer verfügbar wart. Mit mir habt ihr einen neuen Fan und ich bin gespannt, welche Features die Software in Zukunft noch dazugewinnen wird. (Und für alle, die sich das jetzt fragen: Nein, ich wurde nicht bezahlt, um das zu schreiben.)

Fairerweise muss man sagen, dass ein geschriebenes Manuskript noch lange kein Buch ist. Die Reise vom Kopf auf das (virtuelle) Papier ist in vielerlei Hinsicht nur das erste Stück des Weges. Und in den allermeisten Fällen reicht ein Kopf – der eigene – längst nicht aus. Alles, was man selbst nicht weiß oder kann, muss man sich von anderen Kreativen holen.

Überaus dankbar bin ich deswegen für die drei Menschen, die dieses Buch zusammen mit mir erschaffen haben:

Julia. Du weißt als eine der wenigen, wie diese Geschichte im ersten Entwurf aussah. Du hast mich im Sensitivity Reading an die Hand genommen und mir neue Perspektiven aufgezeigt. Ohne dich wäre diese Geschichte nicht das, was sie heute ist. Franzi wäre nicht die, die sie heute ist. Und ich wäre um viel Wissen und Sensibilisierung ärmer. Ich danke dir von ganzem Herzen für alles, was du mit mir geteilt hast, für deine klaren, aber stets wertschätzenden Worte und einfach für die wundervolle Zusammenarbeit.

Torsten. Du und deine Buchgewänder sind eine Konstante in meinem bisherigen Autorinnenleben. Als ich das Cover von *Die Wärme, die wir teilen* unter deinen Premades entdeckt habe, war das wie ein Wink des Schicksals. Dieses Motiv hat die Geschichte, an dem Punkt an dem sie damals war, perfekt eingefangen und es hat ihren weiteren Verlauf inspiriert. Du hast einen Anteil an jeder Schneeflocke, die auf Luzia und Phil gefallen ist, an erröteten Wangen, die sich hinter gelben Schals verstecken und – da bin ich mir ganz sicher – an jeder Hand, die nach diesem Buch greifen wird. Danke für dieses Kunstwerk.

Marcel. Du hast mich mit deiner Zuverlässigkeit und Gewissenhaftigkeit schon bei der Arbeit an *Invalidum – Trügerische Sicherheit* überzeugt. Ich kann mir keine vertrauensvolleren Hände vorstellen, in die ich meine Geschichte hätte geben wollen. Danke für das Ausbügeln meiner größeren und kleineren Fehler. Danke auch für deine Bereitschaft, mit mir zusammen in einer neuen Softwareumgebung zu arbeiten. Der Himmel weiß, dass es schwer ist, aus seinem gewohnten Schaffen auszubrechen und Neues zu probieren, aber mit dir war es ganz leicht. Auch dann noch, wenn mich etwas aus der Ruhe gebracht hat.

Allen dreien von euch danke ich ganz besonders für eure zeitliche Flexibilität. Bücher sind eigentlich nicht als Hauruck-Projekte gedacht. Aber mit euch hat es geklappt!

Motiviert haben mich auch meine beiden Kolleginnen Melissa und Daria. Ohne das regelmäßige Co-Working (oder Co-Quatsching) wäre mein Autorinnenleben sehr einsam. Es ist so schön, mit euch in einem Boot zu sitzen, sich mit euch auszutauschen, von euch zu lernen und mich inspirieren zu lassen. Danke!

Wenn man sich als Autorin in ein Projekt vertieft, noch dazu in eines, das terminlich so eng umrissen ist wie *Die Wärme, die wir teilen*, bleiben zwangsläufig andere Dinge auf der Strecke. Das betrifft insbesondere das Privatleben.

Ein großer Dank gebührt deswegen meinem Ehemann Markus. Mein Liebster, danke, dass du mich machen lässt, weil du weißt, dass ich einfach muss. Danke, dass du nie infrage stellst, wie sinnvoll oder lukrativ dieses Leben als Schreibende ist. Danke, dass du immer stolz auf mich bist, auch wenn ich es nicht bin. Danke, dass du meine Launen (insbesondere die vor der ersten Tasse Kaffee) erträgst. Danke, dass du mich ans Essen erinnerst und egal-wohin fährst, um Take-out zu holen, wenn ich wieder vergesse zu kochen. Danke, dass du mich in die Arme nimmst, wenn ich mit müden Augen vom Schreibtisch komme. Danke, dass du das laute Tippen meiner Retro-Tastatur nicht bemängelst. Es tut mir leid, dass du in der Zeit, die ich mit Luzia und Phil verbracht habe, so oft allein im Bett liegen musstest. Ich ziehe jetzt wieder zurück ins Schlafzimmer.

Wenn man seit vierzehn Jahren fest verpartnert ist, ist es gar nicht so einfach, eine frische, neue Liebe zu beschreiben. Ich betrachte es deswegen als großes Glück, dass mich eine Freundin an allen Dingen rund ums Dating hat teilhaben lassen. Ann-Sophie, ich hoffe, du weißt, dass dieses Buch auch irgendwie dein Buch ist. Ich habe es sehr genossen, mich mit dir über die verschiedenen Rhythmen des Herzklopfens auszutauschen. Deine Begeisterung und dein offenes Ohr, wann immer es um meine „kitschige Weihnachts-Lovestory" ging, hat mich in vielerlei Hinsicht durch dieses Projekt getragen. Ich bin auf wenige Meinungen zu diesem Buch so gespannt wie auf deine.

Ich danke auch meinen anderen besten Freundinnen Rechelle, Verena, Steffi und Maxi, die es nun schon zum dritten Mal toleriert haben, dass ich unseren Gruppen-chat schamlos für Eigenwerbung nutze. Es ist einfach schön, dass ich meine Arbeit mit euch teilen kann, und ein großes Geschenk, dass ihr euch mit mir freut.

Über Instagram habe ich so viele wertvolle Kontakte und Freundschaften zu anderen Schreibenden und Lesenden geknüpft, ohne die mir manchmal die Muse und Kraft für diesen Job fehlen würde.

Ich danke Yvonne für ihre fundierte und ehrliche Meinung zu meinem Schnellschussprojekt. Ich danke April, Marie, Jenny und Anna für den kollegialen Austausch und ihren Support beim Release. Ich danke Iva, Carina, Victoria, Nadine und Katharina, die schon vor Veröffentlichung angekündigt haben, dieses Buch zu lesen. Ich danke Lilly und Guido und Katja und Gina, die so aufmerksam mitverfolgen, was ich teile. Ich danke noch so vielen mehr, die mir gerade nicht einfallen mögen! Bitte wisst, dass ihr gemeint seid, dass ich eure Kommentare und Likes sehe und mich sehr freue. Ihr seid so wichtig für Selfpublisherinnen wie mich!

Und zu guter Letzt: Danke an alle, die jetzt dieses Buch und diese Zeilen lesen. Ich weiß es so sehr zu schätzen. Eure Zeit ist das Wertvollste, das ihr in diesem Leben zu verschenken habt.

Und, natürlich, eure Wärme.